# 想殺的孩子

죽이고 싶은 아이

李花兒 이꽃님——著

梁如幸——譯

# 好評推薦

《想殺的孩子》，這本書從標題就非常震撼，內容好像很殘忍，但十分寫實。

青少年在就學路上會遇到很多問題，很多是跟同儕間的關係，不管是雙方處不來，或是單方面的霸凌……在韓國霸凌事件並不少見，而作者李花兒也在這本書中點出非常多的議題，她把故事刻畫得非常完整鮮明，相當有畫面。

我建議父母可以先看過這本書，再評估是否適合給自己的孩子看，還可以跟孩子一起討論書的內容與想法。

每個孩子都有自己的個性，加上青少年的年齡區間很大，或許不是每個孩子都適合這本書，但我相信讀過的孩子應該都會對這些議題有很多自己的看法，值得推薦！

——太咪／作家、《太咪瘋韓國》版主

面對眾說紛紜的校園少女死亡事件，真相撲朔迷離。環繞社會輿論、嗜血媒體和個人觀點而與角色共感痛苦的懸疑小說，飄散曖昧難辨的氣息，承載是非不分的不適，孤沉心緒緩緩流瀉，頭暈目眩致鬱推薦。

——余小芳／台灣推理作家協會年輕學子委員會主委

本書生動呈現出現今世界的野蠻，在其中的人們只想聽自己想聽的話、只想相信自己想相信的事。

——讀書報

溫暖撫摸青少年內心孤獨不安的作家，站在青少年身邊向任意編排消費真相的世界，提出冰冷的警告。

——korean lecturer news 網路媒體

目次

# 1
# 高中一年級學生

誰？朴瑞恩？當然知道啊。

不是，我們不同班，只偶爾見過幾次面而已。

老實說只要是我們學校的學生，應該沒有人不認識朴瑞恩的。雖然不是很了解她，但我也是有長耳朵的好嗎？多少聽過一些傳聞啊。

還會有什麼傳聞，這可不是開玩笑的，跟你說，只要過一天，就又會有新的八卦傳開。大家都超好奇，還把朴瑞恩的社群貼文仔細翻了一遍。

那天我還以為我會心臟病發作咧，大家不都亂成一團嗎？一開始我當然也不相信，誰會相信學校裡竟然有學生死掉。

聽說那裡以前是焚燒場，我們學校也算是有點歷史了嘛。以前那裡會燒一些垃圾什麼的，最近根本沒人會去那裡，沒事幹麼去啊？那邊很陰森又可怕，好像會有什麼突然跑出來一樣。從那邊走廊的窗戶把頭探出去，就可以看得到，但是也沒什麼好看的，又不是運動場，而且是在學校後面。

沒有，我沒有親眼看到，但聽說有同學親眼看到。第一個看到的同學放聲尖叫，接著大家一窩蜂湧上，然後就有人報警了。老師們是過了一陣子才到的。老師每次不是都會晚一步，而且還是有人去教務處說了才知道的，要不然可能得等到警察來了他們才會知道。

你要問，老師們清楚朴瑞恩的狀況嗎？

欸，哪有可能會知道啊？就連朴瑞恩死了，他們都是過了一陣子才知道。我想老師應該不清楚吧。我本來也不知道朴瑞恩以前被排擠過，聽說好像是國中的時候被排擠。升上高中後，頂多就只是幾個同學沒那麼合得來。我以為她沒有被排擠……後來才知道是池珠妍排擠朴瑞恩耶，不是明著排擠她，是偷偷排擠她的那種程度。也是啦，那天的衝擊實在太大，大家都亂成一團了。

一開始大家都以為是自殺，根本沒人會想到竟然是池珠妍殺的，完全沒法想像。反正都是因為池珠妍，我們學校徹底完了。老實說，有誰會想來讀有學生死掉的學校啊。

聽說有些人當天看到那個情景後，根本沒辦法上課。雖然我什麼都沒看到，但是光聽到消息，晚上都會做惡夢……

在這種情況下，竟然還有人滿腦子只想著拚命念書，努力提升成績，就為了趁機追上其他同學。哇喔，真是太了不起了，可能是被沒考上大學的冤魂附身了吧？完全不管他人死活，真是有夠冷血。

池珠妍嗎？我對她不是很清楚，只知道她好像還滿活潑的，功課算不錯，也長得滿漂亮的，大概就只知道這樣？可是喔，大家都說池珠妍和朴瑞恩兩個人超級要好，從國中開始就是死黨，每天去哪都黏在一起。

所以啊，明明就是好朋友，真不知道為什麼會發生這種事。可是這個真的會在電視上播出嗎？幾點播出？

# 2
# 金律師

珠妍一臉疲憊地看著金律師。金律師是一個只要自認為是正確的事情，就會一股腦堅持並勇往直前的女性。在她的人生裡，從未嘗過失敗的滋味，也不曾遇過太大挫折，是個超完美菁英。她相信在這次事件中，自己也一定會完美地為珠妍辯護。金律師翻了翻文件，快速寫了些什麼，同時嘴角上揚。臉露微笑。

「大致上可以了，再跟妳確認一次，妳沒殺了瑞恩，對吧？」

對金律師的提問，珠妍沒有回答，而是回以煩躁的眼神。

「和瑞恩從國中一年級開始就像是親姊妹一樣相處，兩人是世界上最好的朋友，我們會繼續強調這一點，切記。」

金律師說只要照著她的吩咐去做，一定就可以被釋放。但是珠妍不喜歡金律師，金律師肯定從爸爸那邊收了非常多的錢。

收了鉅額金錢進行辯護，而且還是為沒有任何罪的人辯護，珠妍心想，天下還有比這更簡單的事嗎？但是金律師卻裝作自己做了相當困難的事，自以為是高高在上的神一般，讓珠妍看她相當不順眼。金律師表現出一副只要你誠心相信她，她就會願意傾聽所有一切的樣子，但最終卻像其他神一樣，什麼也不願意聽。

「聽說警察採集到了指紋。」

「啊，那個啊？」

珠妍的疑問讓金律師的眉間起了小皺紋。

那天，瑞恩是被磚頭砸中腦袋而死，與一開始傳言的自殺不同。他殺的事實公開之後，學校又被徹底搜索一遍。不管學校多麼努力阻擋，傳聞卻像是無形的煙霧般，漸漸擴散開來，並且越演越烈。

## 十七歲少女死於校園內

因一名記者的報導，這起事件遭到曝光。光是事件本身就足以引起全國民眾的憤怒，再加上犯罪嫌疑人竟是同校同學，更讓民眾情緒激動沸騰，呼籲修改《少年法》的聲浪隨之高漲。網路新聞下的留言區，滿是要求立即處死禽獸不如的珠妍的發言。隨著民眾關注程度提高，甚至還有電視台製作以瑞恩和珠妍為主題的特輯。

「是妳做的嗎？」

珠妍媽媽神情疲憊地問。

別擔心，媽媽會保護妳的，別擔心……珠妍覺得自己期待太高了。

面對嚇到瑟瑟發抖的女兒，還問出「是妳做的嗎？」的媽媽，想要她嘴裡說出「別擔心」之類的安慰話語，簡直比登天還難。

「我問妳，是妳做的嗎？」

「……」

珠妍緊閉雙唇，媽媽的雙眼滿是埋怨與憤怒。

「我到底做錯了什麼？我們為妳做了所有一切，生妳、養妳，從來沒有讓妳缺什麼，從吃的到穿的都給妳最好的！現在為什麼會這樣，妳到底有什麼不滿？到底是有什麼問題啊！」

「……」

「殺人？竟然殺人？妳現在是腦子不正常？妳怎麼可以……」

「……」

「回答啊！是妳殺的嗎？為什麼什麼話都不說！」

媽媽怨懟地大聲吼叫，爸爸則是根本沒露臉，大概是怕被別人知道吧。要不然就是想把唯一的女兒從戶口上抹去，像是從來都不認識這個人一樣。爸爸沒有來探視被嚇壞的女兒，而是派了最昂貴、最有實力的律師來。

媽媽來探視並責罵珠妍的那一天，滿是怨懟大吐不滿的那一天，追問為什麼什麼都不說的那一天，珠妍想要說的話，就只有這一句——

如果我說不是，妳會相信我嗎？

「妳有在聽嗎？」

金律師用筆敲了敲桌面，像是要叫醒不知看向何處、有點恍神的珠妍。

「再說一次，警察有的證據就兩項，一個是沾有妳指紋的磚頭，另一個是那天妳傳給瑞恩的簡訊。」

那天珠妍跟瑞恩大吵了一架，雖然警察詢問了吵架的原因，可是不知為何珠妍不記得兩人是為了什麼事吵架，但肯定是瑞恩做錯了什麼，就算瑞恩跟珠妍說了對不起，珠妍還是非常憤怒，無法原諒，而此一事實也明確地保留在簡訊裡了。

珠妍，還在生氣嗎？

對不起

對於所有事情，我感到很抱歉

全都是我的錯

瑞恩傳的簡訊是這樣的。珠妍對瑞恩傳來的道歉簡訊已讀不回，過了好一陣子之後，珠妍才回傳了這一句。

——等一下在那裡見

這是最後一則訊息了。

警察說珠妍簡訊中提到的「那裡」就是學校後面的空地，並說兩人在那裡見面後，瑞恩還繼續道歉說自己錯了，拜託珠妍原諒她，可是珠妍怒不可遏，無法原諒瑞恩，於是一氣之下就拿起磚頭砸向瑞恩。

聽了警察說的話後，珠妍腦子一片混亂。真的是我做的嗎？我殺死了瑞恩？珠妍真的什麼都想不起來，自己到底為了什麼這麼生氣？瑞恩到底做了什麼不可原諒的事？

不對。

珠妍清清楚楚記得。

殺死瑞恩的不是我，我沒有殺死她。

珠妍說不是自己殺的，警察說是她殺的，因為造成瑞恩死亡的磚頭上，發現了珠妍的指紋，連簡訊的時間也正好吻合，所有證據都指向珠妍就是兇手。還說如果珠妍不是裝不知道，就是因為受了太大的打擊所以才失憶。

「妳知道那個磚頭上不只有妳的指紋，也有其他人的指紋嗎？」

金律師的口氣像是沒什麼好擔心的。

珠妍鬆了一口氣，想起了過去幾天，警察找上門指稱自己就是兇手時，珠妍啞口無言，非常驚慌失措。珠妍以為只要說不是自己做的，一定很快就可以被釋放，但是以為會很快就被釋放的日子，一天過去，兩天過去，漸漸地越拉越長。

「雖然妳的指紋很清晰，但光憑這點就認定妳是兇手，在程序上是很有問題的。如果有確切證據的話，肯定不會這樣繼續放著妳不管，就是因為沒有證據，只能根據旁證來推斷，所以不管誰說了什麼，妳只要像現在這樣說不是妳做的就可以了。妳懂這個意思吧？」

3

# 國中一年級同學

你是哪裡？喔，電視台？那件事我不太清楚，我要去補習班了。

是有聽說啦，瑞恩發生這種事，我心裡也很難過，但這樣說有點那個，如果不是很清楚就隨便亂說，被其他同學知道的話，不知道會不會出現什麼奇怪的閒言閒語……

不是，剛剛不是講好只要說知道的部分嗎？我真的什麼都不知道，只不過同一個國中畢業，一年級的時候和她們同班而已，可是我跟她們也不熟，之後也沒有聯絡，所以我真的不清楚。

吼，真是的。明明是瑞恩冤死的事，幹麼要這樣對我，讓人怪不舒服的。

真的只要說知道的部分就可以？但是如果要說，確定可以對我的身分保密嗎？會打馬賽克和變聲處理吧？如果這個沒有好好處理的話，大家就會知道我是誰了。我不想上電視，我只要說我知道的就好了吧？把攝影機關掉，真的要拍的話，應該可以只播放變聲的聲音就好吧？

我覺得珠妍人很好。之前聽說瑞恩小學時候被排擠，她算是滿乖的，但個性好像有點不夠大方，滿內向的。

一年級的時候有人透露了瑞恩小學被排擠的事，結果原本還會跟瑞恩一起玩的同學全都疏遠她了。因為只要是被排擠過一次的人，就會一直被排擠，孩子之間就是有這種潛規則。如果跟被排擠過的人一起玩，就覺得自己之後也有可能會被排擠，就算沒真的被排擠，大概也會被當成笨蛋受人欺負，同學之間不都是這樣嗎？我記得那時候珠妍挺身而出，幫她說話，說小學時被排擠又怎樣，現在幹麼要提以前事情的事，還罵對方不覺得丟臉嗎，幹麼隨便講別人私事？大概是說了這樣的話。

珠妍真的口才很好啊，功課又好，口氣態度又很強硬，誰也贏不了她。那時候珠妍挺身而出大鬧一場之後，就再也沒人對瑞恩提什麼排擠或有的沒的了。對瑞恩來說，珠妍大概就像是超人或是鋼鐵人之類的角色，而且因為珠妍的關係，瑞恩也多了很多朋友。

因為瑞恩以前被排擠過，一開始還跟同學們保持距離，可是由於珠妍在同學間人氣很高，大家自然也漸漸喜歡瑞恩。

珠妍啊？

珠妍就是那種大家都想跟她當好朋友的人啊，長得漂亮，功課又好，而且家裡還很有錢。這種人就算什麼都不做，大家都會自動圍繞在她身邊，想跟她當朋友，不是都這樣嗎？因為珠妍跟瑞恩很好，所以想親近珠妍的人，也會對瑞恩好，自然而然就都玩在一起了。

瑞恩啊……老實說也沒關係嗎？

瑞恩就是有點那個的人。

可以這樣說嗎？她就是有點言行舉止都很窩囊沒用的感覺。功課差，長得普通，家境好像也很不好。怎麼說？不是有那種沒什麼存在感，也不會讓人想親近的人嗎？她就是那樣的人。

這是當然的啊。交朋友的時候，這些條件當然都要計較。長相、個性、家境，雖然不到一一打分數排出高低順位，但是大家內心其實都想跟漂亮、有錢、功課好的人當朋友。如果個性非常幽默有趣的話，那還沒差，但是瑞恩也不是那種類型。

我知道的就只有這些了。珠妍根本就是瑞恩的救世主。

這點我就不知道了，到底為什麼像珠妍這樣的孩子要這麼照顧瑞恩呢？或許是出自想要幫助貧窮同學的同情心、正義感之類的吧？

# 4
# 犯罪側寫師

「哈囉，原來妳就是珠妍啊。」

這名男子和之前的警察有點不一樣。因為珠妍完全不願意開口，警察便找犯罪側寫師來。犯罪側寫師比任何人都更懂得該如何與嫌疑犯應對，溫柔的嗓音使人感到安心。難道是因為這個緣故？珠妍一看到和藹可親、面帶笑容的犯罪側寫師來打招呼，腦中立刻浮現了爸爸。不是因為他長得像爸爸，而是因為兩人是完全相反的類型。

珠妍的爸爸不太會輕易打開心房，他是個沉默寡言、不會表現自己情感，而且總是相當忙碌的人。爸爸曾對珠妍說，她應該要感謝爸爸生活得這麼忙碌。

「妳以為妳是靠誰才能過這種享受的生活？」

或許爸爸的話是對的。因為從表面看來，珠妍的人生確實是衣食無缺人人羨慕——想出國旅遊就立刻出國；只要是流行的商品，不管價錢多昂貴，都能比別人更早擁有。

但是珠妍並不享受旅行。爸爸總是在忙碌的日常行程中東拼西湊，好不容易才擠出時間踏上旅程，因此他在旅行中也總是在睡覺或是得處理公務；媽媽則是忙著拉珠妍四處拍照，好跟他人炫耀，所以媽媽也總是低著頭滑手機。每次旅行，珠妍都覺得自己彷彿像是透明人，沒有一點開心的事情，即使如此，珠妍也不能不去旅行。

「一定要去嗎？」

如果這樣問的話，

「當然，大家都去，為什麼不去？」

媽媽就會這樣回答。

媽媽完全不管珠妍願不願意，總是買給她比別人更高級、昂貴的衣服，從很久以前，甚至是從珠妍出生時就這樣了。大概是小學一年級左右，她就意識到自己對媽媽來說，就相當於是「櫥窗裡的模特兒」。

「我不要穿洋裝，很不方便，我要穿褲子去。」

珠妍氣呼呼地抗議，媽媽卻緊抓珠妍的肩膀說：

「妳知道這件洋裝多少錢嗎？你們學校到處都是穿不起這件衣服的孩子。」

「可是穿裙子很不方便啊。」

每當穿上新買的昂貴衣服去上學，媽媽一定會送珠妍到校門口，而且一定會在那邊抓著珠妍的肩膀，要她跟其他媽媽們一一打完招呼後，才肯鬆手。

站在那裡，珠妍必須要忍受其他媽媽帶著不開心表情睥睨自己的視線，珠妍感到相當丟臉，媽媽卻享受著高人一等的優越感。

「聽說妳跟瑞恩很要好？」

「……」

「瑞恩是個怎樣的孩子呢？」

面對犯罪側寫師的提問，一股悲傷湧上珠妍的喉嚨，就像想嘔吐時那樣，從內在深處突然一陣翻騰就湧了上來。珠妍沒有吐露自己的悲痛，反而緊閉雙唇，但是雙眼卻是淚水盈眶。自己的本意不是如此，按照金律師的指示，珠妍原本心想只要堅持說不是就好，但是在犯罪側寫師問起瑞恩的瞬間，問起瑞恩是個怎樣的孩子那瞬間，珠妍不知道為什麼感到非常哀傷。

「妳難道一點都不好奇到底是誰讓瑞恩變成這樣嗎？我們一定要抓

到兇手。」

「不是……不是我做的。」

聽了珠妍的話後，犯罪側寫師的眉毛似有若無地動了動，不一會，犯罪側寫師一臉表示理解地說道：

「我的意思不是說妳殺了瑞恩。」

騙人。

警察第一次找上門的那一天，也是告訴珠妍不要說謊，只要照實說就可以了。但是不管珠妍怎樣按照事實回答，警察都不肯相信她所說的，彷彿已經握有既定的標準答案，嘴上只是一味地要求珠妍「照實說」，卻不顧她早已說過數十遍，自己沒有殺瑞恩。明明她已經說了又說啊。

金律師告訴珠妍只要相信她就可以了，珠妍也毫不懷疑爸爸選用的律師肯定能力非凡，雖然這麼做的出發點，應該只是為了爸爸自己，而不是為了珠妍。

縱然珠妍不喜歡金律師，但現在能相信的人就只有她了，其他誰都不能相信。於是珠妍又再度下定決心，絕對什麼話都不會說。

「珠妍啊，我只是想談談瑞恩才來的。瑞恩肯定是個很不錯的朋友，對吧？」

聽了犯罪側寫師的話，珠妍艱困地點了點頭，瑞恩真的是最棒的朋友了。

「是啊，像瑞恩這麼好的孩子就這樣走了，真令人感到遺憾，所以一定要找出到底是誰做的。我並沒有認為妳是犯人，只是想要抓出誰才是真兇，因此才來找妳聊聊，妳可以幫我嗎？」

是真的嗎？

眼前這名男子真的是為了要抓出殺死瑞恩的真兇而來嗎？

他不像其他警察一樣，嘴裡只是形式上要求珠妍說實話，卻又說已掌握證據，只要老實承認的話就會減輕量刑。從這點來看，或許他是真心的也說不定。珠妍猶豫了一下，點了點頭，犯罪側寫師臉上露出淡淡的微笑。

「對妳而言，瑞恩是怎樣的朋友呢？」

「瑞恩……真的很善良，和瑞恩在一起真的很有趣又很自在。」

「妳和瑞恩似乎很親近。」

「從國中一年級開始就是好朋友了。」

「這中間一定有很多回憶吧。」

犯罪側寫師的嘴裡吐出了「回憶」一詞，這兩個字彷彿打開了影像播放鈕一樣，許多往事浮現在珠妍的腦海中。

兩人在學校門口一起買辣炒年糕吃、共撐一把傘走在雨中、互相在對方的室內鞋上塗鴉、一起熬夜準備考試、一見面就會聊天聊個沒完……往事一件件浮現，和瑞恩一起做的所有事情，對珠妍來說都是很珍貴的回憶。

「那天妳和瑞恩見面了嗎？」

「嗯。」

「在哪裡見的呢？」

「在學校後面。」

「見面後，妳們說了什麼？」

說了什麼呢……面對犯罪側寫師的提問，讓珠妍陷入思考。那天瑞恩好像說她做錯了什麼事的樣子。

那天是模擬考的日子，珠妍和瑞恩約好考完試在學校後面見面，如果兩人偶爾想脫離吵吵鬧鬧的同學找個地方安靜一下，學校後方的空地是她們的選擇之一。這裡以前是焚燒場，自從焚燒場廢棄後就閒置不用，裡面堆了許多廢棄的桌椅和東西，還有從窗戶丟下來的垃圾散落滿地。雖然不是個會讓人一眼就喜歡的地方，但至少是不用在意其他人眼光，可以分享祕密的地方。

「對不起，都是我的錯。」

那天瑞恩跪在地上拚命道歉，珠妍就這樣站著，冷眼看著朋友一直跪在地上道歉的模樣。

「妳說啊，妳做錯了什麼？」

「珠妍啊……」

「叫妳不要再叫我的名字！說啊！到底做錯什麼！」

「全部，全部都是我的錯。」

「所以全部是什麼啊？妳根本不知道妳對我到底做錯了什麼吧，說啊？」

叫妳說啊！

恍惚中彷彿聽到自己大聲喊叫的聲音，珠妍突然回過神來。雖然只是想起了那天事情的片段，卻彷彿回到那天、那個地方似的，畫面如此鮮明。

但是，就只想起這樣而已，不管再怎麼用力回想，瑞恩到底做錯了什麼？為什麼要道歉到這種地步？自己到底為什麼那麼火大？珠妍卻一點也想不起來。她看著靜靜等待自己開口的犯罪側寫師，搖了搖頭。

「不知道，想不起來。」

「好的，今天就到這邊吧。」

只不過是回憶起往事，就讓珠妍萬分痛苦，犯罪側寫師安慰她說，之後如果有想起任何事的話，隨時都可以告訴他。

「最後一個問題，妳覺得瑞恩這樣可能會是誰做的？」

面對犯罪側寫師的提問，珠妍的眼裡閃爍著警戒的神情，就像是電腦中的程式會自行啟動一樣，每當被問到有關瑞恩死亡的問題，珠妍就會低聲咆哮。

「我說了不是我殺的。」

犯罪側寫師並沒有錯過珠妍敏感反應的瞬間。

「我從來沒有說是妳殺的。」

「……」

雙眼紅腫的珠妍惡狠狠瞪著犯罪側寫師，與這樣的珠妍對視許久的犯罪側寫師，像是最後道別似的開了口。

「可是，珠妍啊，其他人都說是妳做的，妳覺得為什麼會這樣呢？」

5

# 國中三年級同學

最好她們倆是好朋友啦。有誰會這樣對待自己最好的朋友啊？池珠妍和朴瑞恩才不是好朋友，兩人之間比較像是契約奴隸的關係吧。什麼狗屁都不知道的人才會說她們是好朋友，池珠妍根本就是魔鬼，是惡魔。

我就知道會有這麼一天，我就知道池珠妍果然會做出這種事。我和朴瑞恩、池珠妍以前同班，是國三那時候。雖然大家都閉口不談，但是應該都知道吧？池珠妍根本在利用朴瑞恩，欺負她。

一開始我也以為她們兩個是好朋

友，但是繼續觀察下來，總覺得有點奇怪，應該說只要是池珠妍叫朴瑞恩做的，她全都會做。

多少都會有這種人，以為是朋友，但是仔細觀察，與其說是朋友，更像是有地位高低的那種關係。通常群體中有很多這種人，掌握著整個群體的人，和那種好不容易才打入群體中的人，怎麼可能一樣呢？

可是池珠妍更誇張，她只跟朴瑞恩玩在一起。池珠妍真的很像「綠茶婊」，以為自己只要裝出一副善良的樣子，大家都會上鉤，她大概覺得別人都很可笑吧。那種人我一眼就看穿了，因為我以前上過當吃過虧，她就是愛在老師們面前裝得一副乖寶寶好學生的樣子，你懂吧，真是有夠虛假，超討厭的。

朴瑞恩完全是個笨蛋，她就是人太善良，每次都嘻嘻哈哈不追究，也是因為她個性太好，所以其他同學很喜歡她。可是她不能和其他人當朋友。哪有什麼為什麼，要是她跟其他同學一起玩，池珠妍就會氣瘋了一樣，火冒三丈大發脾氣。

她會說什麼我們兩個人是死黨，妳跟我是最好朋友，怎麼還會想要和其他人當朋友，妳是不是瘋了？大概就是這些。

可是我也沒辦法理解朴瑞恩。池珠妍像個瘋女人一樣發神經，那就別跟她玩啊。可是只要池珠妍一生氣朴瑞恩就會害怕得如同驚弓之鳥，好像發生什麼不得了的大事一樣。她會一直說對不起。該怎麼說呢？好像池珠妍在指揮朴瑞恩的腦袋的感覺？現在回想起來，真的就像是那樣。

控制到什麼程度呢，不是都有分組作業的評分嗎？按照老師規定，一定要分組進行，一起做簡報PPT、找資料、準備發表。通常這種狀況，同一組的同學彼此都會變熟，遇到合得來的同學也會一起去KTV，一起聊天，這樣當然會越來越親近。

那時候我和朴瑞恩同一組，可是真的讓人起雞皮疙瘩的是什麼，你知道嗎？池珠妍竟然規定朴瑞恩不可以跟誰一起玩。我說的是真的，池珠妍會規定她可以跟這個人玩，不可以跟那個人好，然後朴瑞恩就真的會照做，問題是池珠妍根本就不跟我們同一組。

池珠妍不准朴瑞恩一起玩的人就是我。池珠妍這些行為真的有夠討人厭，以為自己是女王嗎？全都要聽她的，還裝模作樣自以為了不起，要朴瑞恩這樣、那樣，真是讓人覺得很煩，又不是我們組的，卻一直干涉我們組的事情，所以我就站出來講話了。

我叫她少管我們這組的事情，做好她自己的事情就好。我還說，她自以為是女王還是誰啊？為什麼要指揮朴瑞恩做這做那的？我就是直接嗆她。

哪有什麼然後？瑞恩還能怎麼樣？剛剛不是說了嗎？池珠妍就叫朴瑞恩不要跟我玩。真是的，又不是小學生，更可笑的是，朴瑞恩就真的完全不跟我說話了。

朴瑞恩還來跟我道歉。但是現在每次我主動跟她說話，她就會先看一下池珠妍的臉色，真是氣死我了。有一次趁池珠妍不在，我問她，為什麼總是像個傻瓜一樣，任由池珠妍擺布，為什麼什麼都聽池珠妍的命令，朴瑞恩就只回我這句——

因為珠妍是她第一個交到的好朋友，而且總是對她很好，所以很感謝珠妍。

她是不是有病啊？真是很誇張！

我只要一想到池珠妍就起雞皮疙瘩。真想知道那女的到底跟朴瑞恩說了什麼，可以把她洗腦洗成這樣。這次的事情也是，你不覺得很恐怖嗎？怎麼可以殺人啊？

這次的事情肯定是因為朴瑞恩突然不肯聽珠妍的話，所以那女的一氣之下就動手。朴瑞恩也是人啊，怎麼可能永遠都照她的話做？或許朴瑞恩上高中後才發現這段日子以來自己有多像個笨蛋。但是朴瑞恩突然不聽話，以池珠妍的個性也不會放任不管，不用看也知道。

不是有那種貪心自私，又很有野心的人嗎？池珠妍就是這種人，聽說她爸爸不是管她管超嚴的嗎？池珠妍每次都說自己得要像她爸爸一樣成功出人頭地才行，不管做什麼事她都一定要第一名，必須要成功才行。但光看她爸爸在她身上撒那麼多錢，照這樣算起來，她功課也不算很厲害。

池珠妍那傢伙，聽說她不承認自己殺死朴瑞恩？哇賽，超毛的，根本就是個魔鬼，惡魔啊！

那個，說這些應該會對池珠妍不利吧？一想到朴瑞恩這樣含冤而死，我就快氣瘋了。如果還有別的需要，可以隨時跟我聯絡，我會把我知道的全都說出來。

# 6
# 珠妍爸爸

頭痛。不知從何時開始，珠妍的爸爸就經常頭痛，只是這次痛得更厲害了。已經吞了好幾顆止痛藥，但頭痛絲毫沒有減輕的跡象，彷彿有人在頭上不停敲釘子般的頭痛欲裂。珠妍爸爸雙手按摩兩側太陽穴，一邊看著放在書桌上的全家福好長一段時間。

女兒。

問題在女兒身上。

珠妍爸爸比誰都還要認真過活，不對，用認真過活來形容還不夠，應該說他是撐過一關又一關地過活。珠妍爸爸和那些含著金湯匙出生，享受著游刃有餘的人生，奔跑在康莊大道的同學不同。

珠妍爸爸為了擺脫只要喝了酒就獸性大發、暴力相向的父親，以及喪失生存動力的母親，是拚近全力地過每一天。為了擺脫貧困泥沼，這些日子以來他是多麼努力奮鬥，連一刻也不敢鬆懈，誰知讓人生翻天覆地的竟然是自己的女兒。這段日子以來他傾注全副心力衝事業，營造完美人生，只求不要讓女兒過和自己一樣的生活。

珠妍爸爸想起過去暗自羨慕那些沒能力，只靠有錢父母吃好穿好的傢伙，他們根本沒一件事是靠自己的力量完成，卻總是能穩坐在他的頭頂上。每當這種時候，珠妍爸爸總是會痛罵這世界不公平，向這骯髒世界不屑地吐口水，同時也下定決心，絕對不要讓女兒在像他那樣的環境中成長。

但是，現在怎麼會變成這樣？

為了女兒拚死拚活的過往，全都變成一場空，只剩下女兒惹出來的一堆爛攤子，緊緊掐住自己的脖子。

珠妍爸爸認為女兒絕不可能殺死朋友，不，應該說就算是失手，也絕不能被揭露。女兒成為失敗者，就等於他這個當父親的也失敗了，更代表自己一輩子努力累積的成果遭到狠狠踐踏與抹滅。

但是，到底從哪裡開始出差錯？

他從沒有對女兒大聲說話過。為了別像自己父親一樣，他從未表現出邋遢的樣子，還周期性地安排旅行；一個月一定要去最高檔的餐廳吃三次飯；每年生日一定準備禮物……為了讓女兒過上人人欽羨的生活，他什麼都盡力去做了。

「下次一定可以表現得更好。」

他總是用溫暖的話語安慰鼓勵女兒。珠妍的家本該是平凡、自在，又無比完美的。

但是，怎麼會這樣？怎麼會發生這種事情呢？

頭痛再度襲來，珠妍爸爸痛苦地緊閉雙眼，眼前陷入一片漆黑。

危機就近在眼前。要是女兒成了殺人犯，誰還會願意把工作交給他？

珠妍爸爸緊咬牙關、繃緊下巴。不管是為了女兒，或是為了自己的未來，他都絕對不能放任人生就這樣走向毀滅。

# 7
# 金律師

「最重要的是，主張必須前後一致，堅持到底。」

因為金律師的話，珠妍滿臉不悅，煩躁徹底顯露出來。金律師面對珠妍明擺不開心的樣子，輕輕嘆了一口氣。

「聽說妳說那天和瑞恩在學校後面見了面，之後就直接回家了？」

「……」

「妳知道妳犯了多大的失誤嗎？簡直像是妳在自己背後狠狠插了一刀一樣。」

「……」

「珠妍啊，妳以為這是在開玩笑嗎？妳以為反正自己還未成年，隨便一點小處罰就可以解決？要跟妳說說外面的情況嗎？簡直就像是審判女巫，到處都是想要把妳碎屍萬段、殺紅了眼的群眾。」

珠妍早就知道，打從第一次見面起金律師就根本不相信自己說的話。金律師不過是因為珠妍爸爸給的高額律師費，為了自己職業生涯多添一條戰績，才會絞盡腦汁想辦法。珠妍從未在金律師臉上感受到一絲真心。

「所以呢？」

珠妍皺著眉看著金律師，金律師雖然不喜歡這個驕縱傲慢的少女，但還是努力控制自己的怒火。

「以後我不在的話，絕對不要跟警察說任何話。」

珠妍一言不發，只是不滿地撇過頭去，金律師深深嘆了口氣。

「多虧妳，我的腦袋有機會動了動。現在開始我們要口徑一致，妳給我好好聽進去，少說些沒用的廢話，毀了自己的人生。」

「……」

「聽好了，那天妳叫瑞恩到學校後面的空地見面，但是不管怎樣等，瑞恩都沒有來。妳等了很久，瑞恩很晚才到，所以妳很生氣，就丟下瑞恩一個人轉頭直接回家，而在那之後的事情妳什麼都不知道。」

金律師的話聽起來挺像回事的，甚至逼真到讓人懷疑這該不會就是事實吧。

「可是其他人都覺得我就是兇手。」

聽到珠妍的話，金律師嘴角露出淺淺一笑。

「那妳自己呢？」

「嗯？」

「妳也覺得自己是兇手嗎？」

不知道，珠妍真的不知道。一開始珠妍還可以胸有成竹地說不是她殺了瑞恩，但是當所有人都指著她說妳就是兇手，現在的珠妍已經不確定自己還有沒有自信說人不是她殺的。

發現瑞恩的那天早上。

覺得遭到瑞恩狠狠背叛的珠妍來到了學校。前一天，在學校後方空地見面時，苦苦哀求原諒的是瑞恩，但是在那之後瑞恩卻完全沒聯絡。這點讓珠妍更是生氣，但後來變成了害怕，擔心會不會就此和瑞恩漸行漸遠？是不是就連瑞恩也覺得沒辦法再忍受壞透了的珠妍呢？

以為瑞恩還沒來上學的珠妍，下意識地邊咬著指甲，邊苦惱著要不要傳簡訊，還是假裝沒事打電話。

就在這時候。

啊啊——！

某人的尖叫聲劃破天際，接著傳來陣陣啪嗒啪嗒的腳步聲，緊接著是人群窸窸窣窣交頭接耳，摻雜著尖叫驚呼，人群裡「警察」「一一九」

等辭彙此起彼落。

「珠妍啊，出事了，瑞恩外面、外面……」

珠妍像是著了魔一樣來到走廊，走廊上的每個窗戶都塞滿了孩子們探出的頭。

「幹麼？到底發生什麼事？」

隨著珠妍走了過去，幾個孩子讓開路，每個孩子都面帶驚恐。珠妍從走廊窗戶探出頭，發現淒慘倒下的瑞恩時，珠妍整個人癱坐在地。

「珠妍啊，妳還好嗎？」

還好嗎？怎麼辦……怎麼辦……孩子們的聲音好遙遠，彷彿是隔著水聽到的一樣，耳邊嗡嗡聲響漸漸遠去，珠妍漸漸陷入深深的水中。

「為什麼不回答，妳也覺得自己是兇手嗎？」

「……」

珠妍緊閉雙唇不發一語，金律師雙手十指交握看著珠妍。

「珠妍啊，不管發生什麼事我都相信妳，我絕對不打會輸的比賽，妳懂我的意思嗎？我會擔任妳的辯護律師，就代表對我來說，即便妳有罪也必須無罪才行。」

「……」

「警察說妳用磚頭砸死瑞恩，這個一點也不合理，妳知道砸死瑞恩的磚頭碎成幾塊嗎？」

聽到金律師的話，珠妍忍不住驚呼地倒吸一口氣，一想到瑞恩曾經身處在多麼可怕的痛苦之中，珠妍忍不住全身起雞皮疙瘩。不想再想了，太可怕了，無法相信曾經那麼愛笑，比誰都更了解珠妍的朋友已經死了。

「照警方的邏輯來說，妳用非常強大的力量用力砸磚頭，這對十七歲，體重只有五十公斤出頭的妳來說，有可能嗎？在這種假設下，還要瑞恩一動也不動地呆在原地才有可能成立，但是如果有人要拿磚頭砸自己，有誰會乖乖坐在哪裡動都不動？又沒有被繩子綁住，不是嗎？」

金律師相當清楚警察調查的漏洞，如同金律師自己說的，她是絕對不會把寶貴時間花在打不贏的比賽上。金律師有自信也確信這個案件自己一定會贏，但是珠妍再也聽不進金律師的話，她只是一個勁地緊咬下唇。

「對不起，珠妍，都是我的錯。」

腦海中浮現瑞恩雙膝跪下請求原諒的模樣。

如果是瑞恩的話，或許不管珠妍做出任何事都不會選擇閃躲，只會持續卑微地跪著請求原諒。

# 8
# 便利店老闆

只要一想到瑞恩，就讓人覺得很是心疼。怎麼會發生這種事情，唉……只能說這世界太可怕了，雖然不知道其他人是怎麼想的，但是我認識的瑞恩是一個很善良又腳踏實地的學生。

我在這邊開便利商店已經超過十年，經營便利商店最大的問題就是工讀生，十年來我換過超多工讀生。詳細數字雖然記不清了，但至少用過幾十個人了。因為是二十四小時全天候營運的方式，不可能一直都是我自己來上工啊。剛開始來面試說想打工的那幾個孩子，總是嘴巴說會努力做、認真做，但是這麼多孩子裡真正能信賴、能把事情交給他們辦的根本沒幾個。我不在的時候，就坐在這裡玩手機、打電話聊天，大部分的工讀生根本不管有沒有客人，一點也不在乎，甚至還有人會跑去倉庫睡覺。所以像瑞恩一樣老實乖巧的孩子來當工讀生，你都不知道我有多開心。

剛開始請個高中生當工讀生，心裡多少有些不放心，因為如果突然缺席，我還要自己來替補。而且因為是學生，時間也就不自由，加上還是未成年，限制也很多，半夜也不能來工作。

但是瑞恩找上我，說她真的很想在這邊打工。一開始我當然也擺明說不行啊，要工作到晚上十點半，上夜班的工讀生才會來交班。那麼晚讓女孩子自己回家，感覺就很危險，而且我也很清楚學生們有多不負責任，常常說辭職就辭職。儘管如此，她還是笑盈盈地說不用擔心，工讀時間結束後和媽媽一起回家就可以了。媽媽在下面十字路口的烤肉店工作，要到十點半才下班。瑞恩甚至說等媽媽來之前，她可以免費多做三十分鐘。

哎呦，當然不是這樣，即便她這樣說，我怎麼可能讓一個孩子做三十分鐘的白工，能讓她早點回去當然就讓她早點走啊，偶爾也會叫她去幫她媽媽刷烤盤，很多時候都是讓她提早十分鐘離開。

一看就知道她不是裝的，那孩子愛笑又很機靈，看起來挺不錯的，而且家境看起來也滿辛苦，反正我們也在找工讀生，就決定請她了。

手腳挺俐落，做事做得很不錯，非常腳踏實地又開朗，對媽媽也很孝順。雖然是之後才知道，她們家只有瑞恩跟媽媽兩個人，但她就算是身處這麼艱苦的環境，還總是表現出開朗的模樣，給人很好的印象。

有一天我用手機看店裡的監視錄影，喝醉的人上門，一直欺負孩子，可能是一個小女生在這邊工作消息傳開了，還有穿著制服的學生吵著要買菸，鬧得翻天覆地的，到現在我都還記得那個穿制服的女孩。

她是穿瑞恩那個學校的制服，跑來大吵大鬧要菸、要酒，一看就知道兩個人發生爭執，因為瑞恩一直說不行、不可以，這邊不是擺了很多口香糖、巧克力、軟糖嗎，那個女學生就在這裡，把這些東西一把、一把抓進口袋掉頭就走。真是讓人無言以對。瑞恩說那人是她的朋友，她來付錢，我說不用了。什麼朋友，世界上哪有一個朋友會到自己朋友打工的地方耍流氓啊。

在那天之後，我就覺著這樣下去不行，所以拜託做夜班工讀的大學生早一、兩個小時來工作，如果有別人一起的話，這種事情發生頻率也會減少吧。

嗯？穿制服的女學生？啊，當然。我沒有刪掉那時候的監視畫面，應該可以找得到，請等一下喔。

讓我看看……啊，就是這個，你看看，一看就知道那個女學生欺負瑞恩，故意找麻煩嘛，穿著制服走進來，拿了一堆啤酒、燒酒的。欸？製作人您怎麼會認識這個女學生？

誰？你說這死丫頭就是害瑞恩到這種地步的人？明明就是嫌疑犯，之前還鬧得翻天覆地，不然警察哪會無緣無故抓人呢？你有看過這麼野蠻的孩子嗎？跟你講，那個壞丫頭從以前開始就在欺負瑞恩了。

# 9
# 犯罪側寫師

「心情怎麼樣？」

又是那位犯罪側寫師，這次珠妍可不會輕易放鬆警戒。犯罪側寫師淡然看著對自己豎起全身尖刺的珠妍，好一陣子兩人誰都沒有開口。

不知過了多久？十分鐘？或許已經過了三十分鐘。與珠妍預想的不同，以為會被問很多問題，但是犯罪側寫師卻不發一語，沉默的空氣靜止在兩人之間，珠妍忍不住先開了口。

「為什麼什麼都不問？」

「因為對妳感到抱歉。」

意料之外的回答。

「想了一下，覺得妳好像在生我的氣，要不要我們都坦誠地聊一聊呢？」

「……」

「其實上次來會面之前，我也以為妳就是兇手。是個冷血殘酷地殺了朋友，還厚著臉皮不承認，就像是我們說的那種有反社會人格障礙的青少年。」

「……」

「還記得我們第一次見面的時候嗎？我不是問妳瑞恩是怎樣的朋友嗎？」

「妳知道那時候妳眼裡含著淚水嗎？不過只是被問到瑞恩是怎樣的朋友，就會流淚，那代表妳很珍惜、也很想念瑞恩。這樣的孩子會殺了瑞恩嗎？會嗎？我覺得機率相當低。」

「……」

珠妍緊閉雙唇假裝若無其事，但事實並非如此，因為在事件發生之後，這還是第一次有人這麼了解自己真實的心聲。

「那麼到底是誰殺了瑞恩呢？必須要查出來才行，現在所有情況指向妳就是兇手。」

「我就說了不是我！」

「我知道，當然不是妳，所以妳得要幫我才行，我們要找出真正的兇手，解開這個誤會，妳也才能離開這裡。」

「我什麼都不知道。」

珠妍的聲音顫抖，她盡力強忍淚水，雖然緊握拳頭努力不讓眼淚掉下來，但是犯罪側寫師的下一句話徹底瓦解珠妍的武裝，淚水嘩啦嘩啦掉個不停。

「趕快離開這裡吧，去看看瑞恩的骨灰灑在哪裡。」

「……」

「最後一段路，最好的朋友沒來，瑞恩肯定很孤單的，不是嗎？」

可能是太用力咬了，珠妍的嘴唇感覺快要流血了，皺成一團的臉滿是淚水。珠妍想起了瑞恩。

瑞恩是個非常孤單的孩子，就跟珠妍一樣。

「瑞恩葬禮……有很多人去嗎？」

珠妍內心祈禱著一定要很多人，希望相當孤單的瑞恩在最後一段路上有很多人可以陪著她。

「瑞恩……只有媽媽一個家人，朋友……也只有我而已。她一個人該有多害怕……但我卻沒辦法去……」

珠妍眼前彷彿出現瑞恩的葬禮。直到葬禮最後一天，瑞恩應該一直等待著珠妍出現，或許瑞恩伸長了脖子等著最好的朋友，一面感到奇怪為什麼好友還沒有出現在自己葬禮上，一面又四處張望尋找著珠妍。不，不是或許，珠妍想瑞恩肯定會這樣。

「我一個人的話會很害怕，怕媽媽跑了就再也不回來了。因為小時候只要媽媽去工作，家裡就只剩下我自己一個人。」

瑞恩經常這樣說，每當這種時候，兩人就會互相承諾說絕對不會丟下彼此，直到死都會陪伴在對方身邊。但是珠妍終究沒能遵守這個約定，如果死的人不是瑞恩而是珠妍的話，瑞恩不管發生什麼事都一定會來珠妍的葬禮，並且守到最後一刻。

犯罪側寫師什麼話都沒說，只是點點頭，聽著珠妍說話。像是有人轉開了原本鎖緊的水龍頭，珠妍止不住淚水邊哭邊傾訴。

「爸爸、媽媽……一點都不關心我，除了要炫耀給別人看，其他時候我總是自己一個人。我第一次看到瑞恩也是一個人……彷彿看到了自己一樣，所以想要和她在一起。」

國中一年級的時候，看到無法輕易接近其他朋友，經常獨自坐在一旁的瑞恩，總讓珠妍很掛心。

「從那之後，我們就成了最好的朋友。雖然有時候也會吵架，覺得看不順眼，但是我從來沒想過要殺了瑞恩。我沒道理要對瑞恩這樣啊？真的不是我。」

犯罪側寫師緩緩點了點頭，沒有開口說他知道，而是輕拍著珠妍的手背，耐心等待珠妍冷靜下來。

「好，我們一起抓出真正兇手，不要讓瑞恩含冤而死。」

珠妍緊咬雙唇，無力地點了點頭，因為珠妍也非常想要找出到底是誰讓瑞恩變成這樣子的。

「妳還有想起任何跟那天有關的事嗎？」

面對犯罪側寫師的提問，雖然也想按照金律師吩咐的去做，但是珠妍還是照實說了。

「沒有，不管怎麼想，什麼都想不起來。」

「受到太大衝擊時，的確有可能會這樣。只要冷靜下來努力想一想，就會重新想起來的，所以只要想起任何事，隨時都可以告訴我，好嗎？」

珠妍再次點點頭。

「聽說瑞恩有男朋友，妳也認識他嗎？」

從犯罪側寫師嘴裡聽到「男朋友」這個詞，珠妍不自覺地皺了眉頭，犯罪側寫師果然也捕捉到了這一瞬間。

# 10 同班同學

我在這裡說的，絕對不能跟別人說喔，知道嗎？即使像這樣一直來找我們，我們班的人也不會接受採訪，因為大家都受到很大的衝擊，而且這樣說很那個，不過又覺得有點對不起自己的良心……

其實，大家都很討厭瑞恩，就是有點那樣。不是，不是故意要排擠她，在瑞恩出事前，其實有發生其他的事情。

上學期時還不錯，我們班的氣氛也很好，瑞恩也跟其他同學相處得很不錯，但是……下學期開始，瑞恩好像有男朋友了，就開始有不好的傳言。珠妍和瑞恩很要好，可是某天開始珠妍就對瑞恩有點冷漠生疏。我們覺得有點奇怪，才知道珠妍故意跟瑞恩保持距離。

大家都很好奇啊，因為大家一直問，珠妍不得已之下才說的，想說其他人知道的話或許可以幫忙一下吧。但是內容實在有點……那個……說是瑞恩有男朋友之後就變得有點那個。不是，不是吵架，是有親密接觸那種，聽說男友好像是大學生？而且聽說還有金錢糾紛的樣子。

瑞恩不是沒爸爸，只和媽媽相依為命嗎？瑞恩媽媽獨自在餐廳工作，家境很困難，即使是這樣瑞恩一點都沒有表現出家境不好的樣子。不是，不是那樣，是珠妍送了很貴的衣服和包包給她，要她抬頭挺胸不要洩氣。

老實說，雖然現在傳聞都在說珠妍的不好，但是我們班同學都不相信這些傳聞，因為珠妍真的很照顧瑞恩。聽說在接受珠妍的禮物之前，瑞恩連冬天穿的羽絨外套都沒有。這樣看下來，珠妍真的很善良，哪有人把所有東西都送給朋友的？

聽說有一次瑞恩叫珠妍買一件衣服送她，說是約會要穿，又說要去看電影叫珠妍給她一點零用錢。原本的善意竟然被當作是應該的，聽說瑞恩就是這樣，就連瑞恩的男朋友也是一樣，他們覺得反正珠妍家很有錢，跟她拿點錢也沒關係。別說是勸阻了，還叫她多拿一點呢。

聽到這些之後，大家看瑞恩的眼光也變得不一樣了，所以自然而然就越來越少人和瑞恩玩在一起，也不太跟她說話，雖然不是排擠但看起來有點像排擠了。珠妍對她這麼好，不管怎麼阻止她，瑞恩就是一心一意全都在男朋友身上，怎麼說都沒有用。珠妍為了讓瑞恩可以清醒過來，真的花費很多心思。

根本不知道瑞恩會變成這樣，也不敢相信珠妍會殺了瑞恩，老實說，我們都覺得珠妍不可能會做出這種事。

嗯？你問關於瑞恩男朋友的事情是不是真的？嗯……應該是真的吧，大家都這樣認為啊。你說什麼？沒有，沒有直接問過瑞恩……這種事情怎麼問得出口，不會很尷尬嗎？

11

# 金律師

「今天有好消息，妳們班的同學說了對妳有利的證詞。」

即使聽到金律師這麼說，珠妍仍是一臉茫然，隨著時間流逝，珠妍發呆的時間越來越長。

「聽說瑞恩有不太好的傳聞。」

看來金律師對這次的消息相當滿意，但珠妍聽不懂金律師在說些什麼。

「聽說因為男朋友的問題，大家都對瑞恩議論紛紛。」

聽到金律師的話後，珠妍的表情瞬間變得僵硬。

「我有男朋友了。」

瑞恩雙頰泛紅害羞地說。

「突然說什麼男朋友？是誰？」

「和我一起打工的哥哥。」

「真的嗎？太好了。」

剛開始珠妍看到瑞恩開心的模樣也覺得很高興，因為她知道瑞恩是很孤單的孩子，所以身邊有個人可以陪伴是件好事，但是這感受沒有持續太久。瑞恩太常笑了，笑到讓人很煩，一臉很害羞的樣子，每句話都把男朋友掛在嘴邊，跟男朋友在一起，好像比和珠妍在一起來得更加幸福，這一切都讓珠妍越來越憤怒。

「喂，辭掉打工別做了。」

以為只要瑞恩不要再繼續打工就可以了，以為這樣瑞恩就會和自己度過所有的時間。但是瑞恩搖搖頭。

「媽媽一個人工作很辛苦，我也賺點錢補貼不是很好嗎，而且便利店的老闆人也很好。」

「我給妳錢。」

「妳為什麼要給我錢？」

「從以前到現在妳從我這邊拿到衣服、鞋子，難道不算是錢嗎？」

「那些是妳不要了的……」

珠妍開始像是玩具被搶的孩子一樣大發脾氣。

原本瑞恩的時間全都是屬於珠妍的。「來補習班前面」，一句話，瑞恩就會在補習班前面等珠妍下課，兩人一起吃飯、買飲料喝、一起聊天。但是自從瑞恩開始在那個該死的便利店打工，一切都變了。

——等一下八點出來，一起吃飯。

對不起！我今天要打工（哭哭）

瑞恩為了打工總是匆匆忙忙，學校結束後就飛奔而去，週末為了代班也要去。珠妍似乎又變成獨自一人了。

「喔，珠妍妳來啦！」

到便利商店時，映入眼簾的是瑞恩開朗的笑容，歡迎自己的到來。可是現在的珠妍卻一點也不想看到瑞恩帶著笑容的臉。

「給我一包菸。」

「啊？」

「不要讓我說兩次，沒聽到我說的嗎？我不是叫妳給我菸嗎？」

珠妍像是大發神經般從冰箱裡抱了一堆燒酒和啤酒。

「這些和香菸，一起結帳。」

瑞恩收起笑臉。

「幹麼這樣，妳喝什麼酒。」

「關妳什麼事，別囉唆，煩死了，快點結帳。妳不就是為了做這個才站在這裡的嗎？」

瑞恩既沒有生氣，也沒有大吼要她不要這樣。看到瑞恩這樣的反應，珠妍更是不高興。如果瑞恩生氣大吼質問她幹麼這樣的話，珠妍才能像她一樣大吼回去，然後或許能告訴她自己很孤單，妳去便利店打工的時候、跟男朋友約會的時候，我一直都是一個人，孤單寂寞到快死掉了。但是，瑞恩就連讓珠妍可以發洩怒氣的機會都不給。

從櫃檯走出來的瑞恩一言不發，默默把酒放回原位。珠妍緊咬下唇，對瑞恩彷彿什麼事都沒發生一樣的態度很是不滿。

珠妍無法抑制心中滿溢的怒火，所以只要是眼前所見的東西，就一把抓了放進口袋，然後便揚長而去離開便利店，心裡還暗自希望便利店老闆會因為瑞恩工作時店裡東西被偷而火冒三丈，進而把瑞恩趕走。

「不知道，不管怎麼勸她，瑞恩都不聽我的。」

「認識男友以後，她完全變了一個人，還曾經因為要去約會，叫我買衣服給她。」

珠妍故意散播關於瑞恩的壞話，以為只要瑞恩沒法和其他孩子好好相處的話，就會重回自己的身邊，像是國中一年級兩人初次相遇時那樣。她想讓瑞恩知道，如果沒有我，妳就會再次被排擠，像我需要妳一樣，妳也是需要我的。

「聽說瑞恩本來就是有點那個的孩子，但妳還很照顧那樣的瑞恩，給貧困的瑞恩零用錢、送她衣服，就連瑞恩媽媽沒辦法照顧到的，妳都費心照顧了。」

「……」

「很好，這就可以證明妳和瑞恩是很好的朋友。」

金律師在翻閱文件時，露出了滿意的微笑。珠妍只是望著桌子的一角發楞。

「不是這樣的。」

聽到珠妍開口，金律師不解地抬起頭，那表情像是在說「妳在鬼扯什麼」。珠妍仍舊兩眼無神望著桌角，接著開口說道：

「瑞恩不是那種人，說給零用錢全都是騙人的。」

「什麼？」

「是我對其他同學說謊。」

直到瑞恩死前為止，不，直到死的那一瞬間，她肯定都不知道這樣的謊言竟然是珠妍散播的。珠妍對此很在意，即使瑞恩已經死去的此時此刻，竟還有人相信自己編造的謊言，而且成了瑞恩最終留在人們記憶中的模樣。

「因為看到瑞恩跟別人玩在一起，我就覺得很煩，也很討厭她交男朋友開開心心的樣子，更討厭她沒有我生活也能過得好，所以才故意這樣說。」

金律師一臉不悅地看著珠妍說出這些話，她雙唇緊閉、眉毛挑高，看珠妍的眼神帶著不滿。

「不准再提這些，不管對誰都不可以說。」

「為什麼？」

「妳對瑞恩心懷惡意，故意散播這種傳聞，妳覺得大家知道了會怎麼想？妳以為大家會覺得『喔，是啊，這種年紀難免都會嫉妒，也可能會散播謠言』這樣嗎？」

「……」

「現在檢察官緊咬不放，說要對妳求處十年有期徒刑，十年耶，十年可說是《少年法》最重的刑責，妳有想過十年後妳的人生會怎樣嗎？」

「可是那不是事實啊。」

「什麼？」

「關於瑞恩的那些傳言，全部都是我捏造的，那些不是事實啊。」

「妳在說什麼啊，只要人們相信的話，就會成為事實，真相是什麼並不重要。」

「如果大家都以為瑞恩真的就是那樣的孩子怎麼辦？」

「池珠妍，清醒一點。她已經死了，是不是真相又有什麼關係，瑞恩是瑞恩，妳是妳，妳要活出自己的路。妳沒有欺負瑞恩，反而處處照顧她，妳知道這一點在這次的審判中對妳來說會是多麼有利的證詞嗎？妳想要待在這裡十年慢慢腐爛掉嗎？也該想想妳爸爸、媽媽吧，做出正確的行動，清醒一點，聽懂我的意思了吧？」

珠妍再也無話可說了。有利的證言，如果全都照實說的話，可能會變成對自己不利。

有利的證言，用謊言層層包裹的有利證言……

12

# 瑞恩的男朋友

對，沒錯，網路上那篇文章是我寫的。

原以為警方已經展開調查，這一切就可以全都解決，瑞恩的死也能真相大白，但是網路上開始出現一些關於瑞恩的奇怪傳言，淨是恣意胡亂瞎說不堪入耳的話，我實在沒法眼睜睜看著這一切發生卻什麼都不做。

我和瑞恩是在便利店一起打工認識的。一開始可能是因為聽到年紀這麼小就來打工，難免對她有點心疼，所以也會處處多照顧她一些，漸漸越來越常聯絡……自然而然兩個人就互相產生好感，因為她真的是一個很善良又漂亮的女孩。

說實在的，我啊，從來沒有看過這麼善良的人。心地這麼溫暖善良，是個光坐在一起聊聊天，就會讓人感到幸福的女孩。阿姨含辛茹苦獨自拉拔她長大，真的把瑞恩教得很好，既溫柔善良又美麗。

我真的完全無法理解，像她這樣善良的人，怎麼會有人針對她散播這麼荒謬的傳言。說什麼我利用瑞恩，甚至還說瑞恩是小偷，真的什麼難聽話都有。人跟人之間怎麼會做出這麼恐怖的事呢，真是太可怕了。

我打聽了到底是從哪裡聽來這種鬼扯的傳言，一開始大家什麼都不說，我就說要告他們毀謗，散布這些荒謬虛假訊息的人，我統統都要告。如果要辯解這些傳言是真的，那麼不管是簡訊還是照片，就拿出證據來，但是他們誰也拿不出來，因為這些根本就不是事實。結果就有人提到池珠妍的名字。聽到的剎那，我彷彿被人拿槌子重重敲了腦袋一樣，整個人愣在當場。

之前聽了很多關於池珠妍的事情，瑞恩每天都把珠妍、珠妍的掛在嘴邊，因為她們兩個那麼要好，我也會想要和她親近一點，所以三個人一起見過面。

從一開始我就覺得有點奇怪。那個女孩在我面前總是把瑞恩當成女傭一樣使喚來使喚去，喝個飲料也要叫瑞恩去拿吸管，東西潑出來也叫她去拿紙巾，去咖啡廳要上廁所之前，也要叫瑞恩先去確認廁所位置、乾不乾淨，偏偏她叫瑞恩做什麼，瑞恩就全盤接收照做。

這真的很令人生氣，瑞恩對我來說是很珍貴的人，但卻被人這樣無禮對待，叫我怎麼可能不生氣？

趁瑞恩不在時，我質問珠妍她到底在做什麼。但是那個女孩明明知道我不喜歡，還更故意帶有惡意地做出那些行為。我真的覺得她實在有夠壞。

我也曾跟瑞恩說，如果那女孩再叫妳做什麼奇怪的事情，不要聽她的，妳又不是她的傭人，憑什麼這樣使喚妳？但是瑞恩卻說沒關係，珠妍是因為很孤單才會這樣，還說她本來是個善良的孩子。然後我就說，父母健在，家裡又很有錢，有什麼好覺得孤單的，她憑什麼對妳做出這些行為？瑞恩聽完卻說，珠妍是個內心很孤單寂寞的人，比起她自己，珠妍是更加孤單。

製作人，我跟你說。

我真的很珍惜瑞恩，也很喜歡她，光是牽手就會緊張到發抖。她是那種只要眼神對視就會讓人不自覺露出微笑，想要守護她，想要一直陪在她身邊的女孩。雖然她爸爸只留下債務就去世，她卻不曾埋怨，還說很想念爸爸，媽媽因為沒錢，大家都能去的補習班，她一次也去不了，但她也因為能當媽媽的女兒，所以覺得很幸福。

有時候我忍不住會想，是不是因為瑞恩太善良了，所以才讓她這麼早走。如果早知道會這樣，我就多該陪陪她，多給她一些力量。一天裡反覆懊惱後悔數千、數萬遍……但我實在沒有別的能做的了。
讓瑞恩變成這樣的人，請一定要徹底給予嚴厲的懲處。

## 13
# 犯罪側寫師

「妳知道現在社群網站上流傳著關於瑞恩的傳言嗎？」

聽到犯罪側寫師的話，珠妍一臉茫然，露出「你在說什麼」的表情。

「喔，妳不知道啊，反正不是什麼好聽的內容。」

「到底是什麼內容？」

「瑞恩知道會很難過的傳言。」

犯罪側寫師像是通報令人惋惜消息的人一樣，猶豫了一會兒才繼續開口。

那些傳言比珠妍當初說出口時，來得更狠毒可怕。那些並非事實的話語，「哐」一聲用力砸向珠妍的腦袋。

珠妍知道應該要說出來，說那一切都是謠言，全是我編造出來的謊話，但是……

「妳知道那是多麼有利的證言嗎？」

金律師的話言猶在耳，珠妍不得不閉緊自己的嘴，什麼話都不說。

「人們真的很壞，怎麼能對已經死去的人做到這種地步。」

「……」

珠妍就像是硬吞下一口難吃飯菜的孩子一樣，硬生生把卡在喉嚨的那些話再度吞了下去。犯罪側寫師只是靜靜地看著這樣的珠妍。

「珠妍啊，聽說妳非常照顧瑞恩？」

「……」

「聽說妳送她衣服、鞋子，甚至包包當禮物，看來妳有很多零用錢啊？」

珠妍低著頭搖了搖。

「只是給她我不要用的東西。」

珠妍不管什麼東西都擁有太多、太多，衣服、包包、鞋子，不管她想不想要、需不需要，媽媽總是一直買新東西回來，甚至是不合尺寸的鞋子也很多。如果想要穿進二十四號運動鞋，珠妍就得把腳的大拇指折起來才能辦得到，但是媽媽卻連這事實也不知道。

「哇，妳的鞋子真的好多喔。」

到珠妍家玩時，瑞恩羨慕地說。

「妳穿幾號鞋？如果有合腳的，妳就拿去吧。」

「不用啦，沒關係，這些不是都很貴？」

「反正太小了我也穿不下。」

瑞恩雖然是穿二十三號半的鞋，但是版型比較小的運動鞋穿二十四號也是剛剛好。

「真的可以帶走嗎？」

「當然啊，我不穿的衣服也很多，要不要看看？」

瑞恩眼睛睜得大大的搖了搖頭，彷彿珠妍要給她什麼了不起的禮物，就像要她搬一堆金子走似的。珠妍喜歡看到瑞恩因為小事而感動的模樣，一臉明朗笑容開心的模樣。

「來，給妳。」

就像一開始送鞋子一樣，珠妍以為給瑞恩錢，瑞恩也會很開心。但是瑞恩將五萬韓元推回給珠妍，並且用力地搖頭。

「不要這樣，我不需要錢。」

「妳就收下，妳不是沒有錢嗎？如果不是我請客，妳不是連辣炒年糕也沒辦法買？」

瑞恩暫時陷入沉默，在那短短的沉默之中，瑞恩究竟是怎樣的心情、有著什麼想法，珠妍是無法想像的。

「不用、不用，妳買泡麵請我就好。」

瑞恩叫執意要給錢的珠妍買碗便利店的泡麵給她，而且覺得老是這樣被請客很不好意思，所以瑞恩被請吃東西兩次的話，總會想辦法回請一次。但是看到為了要買碗泡麵，像是掏空存錢筒一樣捧著一堆零錢的瑞恩，珠妍頗有微詞不甚滿意，難道連買碗泡麵吃的那一點錢都沒法跟媽媽要嗎？

「有個自稱是瑞恩男友的人在網路上寫了一篇文章，說這些關於瑞恩不好的傳言全都是惡意攻擊的謊言。」

「幸好。」

犯罪側寫師靜靜看著不知為何疲倦不堪的珠妍，犯罪側寫師挑了挑一邊的眉毛，但珠妍沒有絲毫察覺。

「幸好？」

「因為瑞恩不是那樣的人。」

「是喔，那麼珠妍，妳覺得是誰故意散布這些惡意攻擊瑞恩的謠言呢？」

「嗯？」

犯罪側寫師捕捉到珠妍瞬間變化的表情，從原本呆楞的臉，轉為警戒的神情。

「根據調查是妳們學校學生上傳的文章，妳知道會是誰上傳的呢？」

珠妍不發一語，只是一臉像是哪裡不舒服的僵硬神情看著某處。

「不管是誰，會這樣散播關於瑞恩負面謠言的人，一定是平常就很討厭瑞恩，那人很可能就是兇手啊。」

聽到犯罪側寫師的話後，珠妍迅速地垂下眼簾，眼神閃避不願對視，絕對不能被發現散布謠言的就是自己。

有利的證言。

現在珠妍滿腦子只有金律師的這一句話。有利的證言，能讓自己離開這裡的證言，證明自己沒有殺死瑞恩的證言……

「瑞恩男朋友的話是事實嗎？」

「……」

「我是因為好奇才會問的，妳覺得誰說的才是真的？流傳在網路上的那些話，和瑞恩男朋友說的，哪個才是真的呢？」

珠妍這次也仍舊什麼都不回答。瑞恩的男朋友，光是想到這個人，血液就直衝腦門覺得煩躁。他以為他是誰？明明就沒有比我更了解瑞恩。

犯罪側寫師不發一語，只是默默看著珠妍，但也不像是在等待珠妍的回答。

不知過了多久之後，犯罪側寫師才開口。

「妳，喜歡瑞恩吧？」

這話又是什麼意思？珠妍像是回問一般瞪著犯罪側寫師看。

「我說的不是朋友間友情的那種喜歡，而是想問妳是不是愛著瑞恩？」

14

# 同班同學

吼，真是的，大家為什麼都這樣？昨天阿姨也來問。還會是誰，就瑞恩的媽媽啊。她說如果知道什麼就請告訴她，我們哪可能知道什麼？大家都被嚇得六神無主了。

說實話，我真的無法理解瑞恩媽媽。瑞恩之前生活怎樣她都不知道。就算生活再怎麼艱苦，是不是也該了解一下唯一的女兒在學校過得好不好，平常都在做些什麼，應該是這樣才對吧？她這樣是完全不負責任，貧窮的話，就不該生孩子啊。瑞恩是含著土湯匙出生裡頭最下等的那種，搞不好她媽媽連買試題本的錢都沒給。你知道校外旅行的時候，還是珠妍幫忙瑞恩付的錢嗎？

瑞恩，因為沒有錢，每次都是用珠妍給的錢買試題本，偶爾老師可憐她也會給她幾份。其他同學都說，瑞恩媽媽要她別再念書，隨便混畢業就好，反正也沒錢供她念大學。

而且珠妍的爸爸、媽媽也真的是好心腸菩薩耶。他們跟瑞恩說只要好好念書，會幫她出大學註冊費。哪裡找得到對女兒的朋友這麼好的家庭啊？

什麼？我哪是知道最多的啊？這種程度的事情我們班的同學統統知道。傳聞？瑞恩的傳聞為什麼要問我？誰管她有沒有偷錢，這種事情幹麼要問我？

什麼？毀謗？你說瑞恩男朋友要找出上傳文章到網路的人，還要告對方毀謗嗎？是製作人親耳聽到的嗎？這真的能告嗎？如果被告的話會怎樣呢？

哼，誰說的？我只是好奇才問的。又不是只有我在網路上寫關於瑞恩的事，我們班同學只要有在用社群網站的人都有寫啊。啊，不知道啦，我沒有話好說。唉唷，真是的，為什麼老是這樣？我不是說我不知道嗎，煩死了。

# 15
# 瑞恩媽媽

貧窮的話，就不該生孩子。

那些不經意脫口而出的話語，就像一把利刃插進瑞恩媽媽的心坎裡。緊緊揪著被掏空以致血肉模糊腐爛發臭的胸口。瑞恩媽媽每天都來學校。雖然女兒再也無法來上學了，雖然這裡是女兒比花朵更短暫的生命結束的地方，但是瑞恩媽媽還是每天都來學校。

「瑞恩媽媽，您的心情我們可以充分理解，但是您老是這樣的話，我們也很為難。這裡是學校啊。就算您沒有天天跑來，孩子們也因為瑞恩的事情而飽受心理創傷。如果媽媽您這樣經常來問孩子們事情的話，只會讓孩子們更加難過痛苦。」

學校老師們都不願讓瑞恩媽媽再來學校了。

「老師，拜託了，我真的只是想要知道到底我們瑞恩發生了什麼事，請幫幫我。」

「瑞恩媽媽，您一直這樣的話，我們真的很為難。」

瑞恩媽媽像是乾涸許久的大地一樣枯槁，沒有血色的臉龐，龜裂的嘴唇上還翹起一層白色死皮。失去唯一女兒的媽媽，那模樣有如快要死去的植物。

貧窮的話，就不該生孩子。

會生下瑞恩，並不是為了聽別人脫口而出的那句話，更不是要讓人隨意對貧困家境指指點點。瑞恩的媽媽也年輕過，是曾經散發著青澀光芒的人，瑞恩爸爸也是如此，雖然家境不富裕，但是夫妻倆有信心能好好撫養瑞恩。

「是女兒。」

當揭曉肚子裡的孩子是女兒時，瑞恩爸爸癱坐在地上哭了。他是那種就算知道是兒子，也一樣會留下淚水的人。

「哭什麼呢？」

「太幸福了才哭的，太幸福了。」

那時，瑞恩媽媽以為幸福的日子會一直持續下去。雖然空間不大，但足夠一家三口居住的家；雖然經濟不富裕，但是家人間總是笑聲不斷一起過生活。瑞恩媽媽以為這樣的日子會一直持續到永遠。瑞恩的媽媽和爸爸輕輕撫摸著肚子，不停地對著即將出世的孩子說話。即將成為父母的男人與女人，在他倆的故事中只充滿了幸福未來的憧憬。

白皙的皮膚，有著櫻桃小嘴的瑞恩出生瞬間，本身就是個奇蹟，因為長得和爸爸、媽媽如此相似的女兒，光是動動手腳、動動嘴角，就會讓父母一整天都感到幸福。

貧窮的話，就不該生孩子。

會開始覺得養育瑞恩很吃力，是因為丈夫突如其來的交通意外，身為妻子的她無法放棄瞬間成了植物人的丈夫。

曾經是那麼愛笑又慈祥溫柔的人；是個會對未來勾勒美好願景，總讓身邊人感到幸福的人；老像個傻瓜、從不見他生氣的人，怎麼也無法因為醫生的一句「可能很難好起來」就此放棄。那是在瑞恩六歲時的事情。

在那之後，無論怎麼努力工作，債務仍舊不見減少，反倒還漸漸債台高築。儘管如此，瑞恩媽媽沒有倒下，因為即使白髮蒼蒼也仍希望能攜手一起走的丈夫，即使已經成為植物人無法動彈的他，依然活著。

年幼的瑞恩在醫院的時間比在家還要多，她每天都躺在爸爸身邊絮絮叨叨地說話。

瑞恩也清晰記得當時的所有事情，爸爸大口喘氣的那一天、指甲太長幫忙剪指甲的那一天，一直到爸爸的一切漸漸乾涸的那一天為止，瑞恩總是盼望著爸爸能有一天突然跳起來，一把將自己高高舉起，就像以前一樣。

「哎呦，我的寶貝女兒長好大啊，怎麼變得這麼重啊。」

希望爸爸可以說些玩笑話，用粗糙的鬍碴揉揉自己的臉，呵呵開懷大笑的那一天能到來。

但是，直到最後那一天都沒有實現。為什麼這麼早就走了？現在媽媽和我該怎麼辦才好？雖然難過也是在所難免的，但是又擔心在天上的爸爸聽到這些話會難過，所以這樣的想法連想都不敢想。瑞恩就是這樣的女兒。

貧窮的話，就不該生孩子。

雖然只是某人不經意脫口而出的一句話，但這句話不該如此輕易說出口的，這句話完全無視曾因瑣碎小事也備感幸福的一家人所擁有的一切。

貧窮的話，就不該生孩子。

這些人明明什麼都不知道，就隨意脫口而出。因這話而遍體鱗傷的母親，不停捶打自己那早已撕裂的胸口，無止盡地責怪自己，竟讓善良乖巧的女兒因為貧窮而過著被朋友無視的生活，她感到無窮無盡的抱歉。

貧窮的話，就不該生孩子。

至少不該對於先送走女兒，已失去全部人生的女人說這樣的一句話。

什麼都做不了的媽媽，唯一能做的就是去學校，見人就開口拜託：如果你知道是誰把我女兒弄成這樣，請一定要告訴我。

除此之外，她別無他法了。

16

# 補習班同學

靠，給我媽知道就死定了。她千叮嚀萬交代要我絕對不能接受採訪，超多人都說房價會掉下來。她還要我在事情平靜之前不要亂講話，靠，怎麼辦？

知道是知道啦，我國中就認識她了，以前我們上同一個補習班。你瘋了嗎？我怎麼可能跟那個女的很熟。都是因為池珠妍那瘋婆子的個性，所以我們沒什麼交談，但我媽媽和她媽媽關係還算不錯。

嗯，我本來就超級討厭她，因為池珠妍他媽的超沒禮貌。啊，對不起，我說髒話習慣了，一直不小心脫口而出。可以麻煩把髒話部分都剪掉嗎？

我本來就超級，不，是非常討厭池珠妍，因為從以前開始，她沒教養的程度大概是宇宙級的吧。國中時我們是同一個補習班，但那時候就覺得她有點奇怪，該說她有雙重人格嗎？當然其他同學在老師和同學面前多少會不一樣，但是池珠妍已經超過一般的程度了。不是有那種，演員們在演戲，只要鏡頭一開拍馬上就會變張臉一樣，像是完全變個人似的那種嗎？池珠妍就是這樣。

大家都以為池珠妍聰明又乖巧，我媽媽也每天都把池珠妍有多乖的話掛在嘴邊，乖個屁，什麼都不知道才會說這種話。現在大家才在那邊說她有多可怕，說什麼一開始就覺得有點奇怪。

啊，不知道這個可不可以說。國中時曾經有件事引起很大騷動，據說有個老師摸了池珠妍的胸部，所以真的鬧得很大。池珠妍哭得很傷心，補習班院長也氣瘋了，池珠妍的爸媽可不是開玩笑的，要是消息傳開的話補習班就完蛋了，那位老師說他沒有摸，是因為池珠妍實在太不聽話了，只是拍了她的肩膀一下而已，但是誰會相信他的話？

那位老師在學生面前公開道歉後，馬上就被開除了。那時候嗎？大家當然都是站在池珠妍那一邊囉。我媽媽也說，像池珠妍一樣功課好的學生，哪有可能多不聽話啊。但是其實我知道那位老師真的沒有做錯任何事，因為那天池珠妍和老師在一起的時候，我在走廊上全看到了。

池珠妍很少被老師叫去罵，所以我覺得很痛快，本來只想趁機看好戲看她被罵……但是什麼事都沒有，真的，我親眼看到的。被老師訓斥後，池珠妍突然很生氣，大吼「別以為我會放過你」，然後就放聲尖叫，邊哭邊跑了出來，說老師摸了她胸部，很傷心地痛哭。哇，那時候連我都差點就要相信池珠妍了，演技超好的。

啊，這個沒有人知道，哪有為什麼？如果那時候我實話實說，揭發池珠妍說謊，有人會相信我說的嗎？應該沒有吧。大家當然都相信池珠妍，才不會相信我說的。而且就算我實話實說，池珠妍說不定會冤枉我什麼。

對那位老師當然很抱歉啊，但是池珠妍更可怕，我也沒辦法。是啊，我真的覺得她很可怕，從那天以後我都不敢再直視池珠妍的眼睛了。

# 17
# 班導師

我當過她們的老師，現在已經不是了。在那個事件之後我就辭職了，現在也還在接受精神科的治療。我們班的學生發生這樣的事情，我哪還有什麼資格當別人的老師呢。

起初我根本就無法入睡，心臟怦怦快速跳個不停，什麼事都沒辦法做。要說罪惡感的話，應該就在於我什麼都沒有做。

其實……我早就知道了，瑞恩和其他同學之間相處有問題。實在太丟臉了……但我假裝不知道。雖然也想知道為什麼珠妍突然對瑞恩這樣，但是我沒有追究，珠妍功課很好，父母也不是尋常人物，所以我覺得惹到她沒什麼好處。

我想只要假裝沒看見就行了，只要再堅持幾個月就升級了，到時候就和我無關了……真是令人心寒，我竟然是這樣想。

瑞恩媽媽真的到現在……還是會去學校嗎？

我聽說了，這段時間我一直在接受治療，好不容易振作起來之後才知道，聽說珠妍說不是她做的，完全否認做了這件事，還聽說珠妍那邊請了一位相當有名的律師。唉……

我啊，發生這件事之後，一直感到很慚愧，我也知道自己沒有當老師的資格，但是對這件事我不想再坐視不管了，因為我對瑞恩感到相當抱歉也深感羞愧。

那天，我看到了，珠妍從學校後面跑了出來。是的，是真的。

模擬考那天比平常更早下課，學生們都走了，只留下幾個孩子在學校念書，但是很奇怪的是，珠妍竟從學校後面跑了出來。那裡幾乎是閒置荒廢的地方，又髒又危險，不太會有人去。珠妍從那裡跑回教室這邊，雖然有些奇怪，但是我覺得這也沒什麼大不了，就沒放在心上。

但是再過了一會兒，珠妍從教室裡拿著書包跑了出來，看起來就像是有人在後面追趕的樣子，根本沒發現包包拉鍊都沒拉好，鉛筆盒和考試卷全散落一地，就這樣跑走了，連我在後面大喊也沒聽到。剛開始我還以為她只是因為考試考糟了才會這樣。

我知道我沒有什麼好辯解的，我應該要去問問是不是發生什麼事，也可以去學校後面的空地檢查看看，或者打電話給珠妍也可以……不，我本來就應該要這麼做。如果我這麼做的話，至少可以早點發現瑞恩；如果這樣的話，或許……；如果可以這樣的話……

不，我還好，談到瑞恩的事情就是會很難過，訪談到這裡應該可以了吧？因為我還在接受治療中……需要的話，我可以作為關係人接受調查。要是有人犯了錯，當然是應該要接受懲罰。

# 18 金律師

「哼！當老師的竟然這個樣子。」

金律師煩躁地翻閱著資料，因為珠妍的班導師提供了決定性證詞。難道她認為只有死的那個才是自己的學生，活著的這個就不是嗎？

第一次開庭開始沒多久，珠妍的班導師就以證人的身分出席，而且在開庭的前幾天，電視上還播出了內容非常偏頗的節目，使用馬賽克和變音，把珠妍和瑞恩從國中同學到現在的同班同學統統都找出來，許多簡直是陰謀論的說法撲天蓋地而來。

為什麼一個十七歲少女要殺死自己最要好的朋友？那天學校裡到底發生了什麼事？那個節目全是用一些刺激性的話語來吸引人們的目光，把不確定的事實包裝得宛如真相。至少在金律師眼裡看起來就是這樣的。人們憤怒的情緒高漲，廢除《少年法》的呼聲此起彼落。青瓦台的留言板滿是請願文章，人們說再也無法信任並將孩子託付給學校了。總是如此，憤怒總是會麻痺理性。

檢察官提出珠妍把瑞恩當作奴隸一般使喚的事實。

「死者朴瑞恩受到排擠、感到孤單，因為被告願意和她當朋友，就像獲得全世界一樣的幸福。但是被告並非帶著單純意圖要跟她當朋友，與說是其當朋友，更像是不管自己指使瑞恩做什麼，都要她照做，甚至還要篩選可以一起玩，和不能一起玩的朋友，以及叫她跑腿買東西等等。嫌犯小小年紀就以惡毒方法欺凌被害者。」

檢察官的一席話，與金律師主張「兩人就像親姊妹一般、照顧著貧窮的瑞恩」大大相反，檢察官接下來說的話，則是為整段陳述畫上強有力的句點。

「被告就像是把自己不要的東西扔給被害者，還把被害者當作奴隸一樣使喚。」

用這句話做為結尾，聽得金律師緊咬嘴唇，擔心審判正朝著不利的方向發展。

檢察官主張珠妍帶著一張純潔無害的綿羊面孔，卻像惡魔一般執意欺凌瑞恩。金律師則是主張，珠妍所作所為是愛護朋友出自善意的行動。兩人主張嚴重分歧。

真相是什麼呢？現在就連珠妍也不知道了。

珠妍在某一瞬間突然覺得這一切都只是開玩笑，彷彿瑞恩會「哇啦」一聲跳出來，說一切都是開玩笑的啦。這麼一來，珠妍就能緊緊抱住瑞恩，問她這段日子都跑哪裡去了？為什麼開這種玩笑？這麼一來，或許也就能跟瑞恩說，自己其實很害怕。

不。

要真是這樣，珠妍絕對無法原諒瑞恩。

竟然敢捉弄我？就憑妳也敢耍我？耍我很有趣嗎？現在心裡痛快了嗎？

珠妍對瑞恩的憤怒漸漸高漲。

都是因為妳，如果不是妳，我也不會遇到這種事。妳到底為什麼要出現在我的人生，這樣折磨著我，為什麼?!

原本以淚水控訴不知道為什麼會發生這種事情的珠妍，聽了班導師的證詞，就像是得了狂犬病的狗一樣，嘴邊含著白沫大吼。

「我說不是我做的！就說不是我做的！不是我，幹，不是我！」

這是非常大的失誤，這等於向法官證明了，只要珠妍一生氣就會失去理性，就會做出不顧後果的行為。

我得要振作起來。金律師給自己打氣，絕對不能隨之起舞。

「證人說那天看到被告從學校後面空地跑出來。那麼被告跑開後，證人有去空地查看嗎？」

「沒有。」

「證人明明就說了，被告揹著拉鏈大開的書包跑掉的樣子很奇怪，看到學生出現這麼奇怪的行為，為什麼沒有直接去空地查看呢？」

「……」

班導師什麼話都說不出口，「應該沒什麼大不了吧」，那天不以為意的想法，現在扯著自己的後腿。

「如果按照證人所言，被告殺了被害人，那麼只要當天證人前去學校後面空地查看的話，被害者現在或許還會活著？」

「庭上，我有異議。」

聽到金律師的話之後，班導師的臉色慘淡發白，表情變得僵硬，檢察官對此表示反對。但是金律師並沒有停止攻擊，現在正是扭轉局面的絕佳機會。

「法官大人，一個孩子的人生是絕對不能光憑推測來做判斷的。每個人看待事情都有自己不同的角度，被告善意的行為，或許在別人眼裡很虛偽，但重要的是，被害者是怎麼看待被告的。從兩人互相傳送的簡訊來看，完全看不出來被害者對被告有任何憤怒、憎惡、厭惡的情緒。」

金律師帶著讓人信任的表情，像訴苦般繼續說下去。

「作為證人出席的班導師目睹的是事實，被告在空地等被害者，因為等了太久也不見被害者來，被告就生氣地回家了，氣得連背包大開、老師在後面喊她也不知道。我們從手機簡訊可以知道，被害者做了相當對不起被告的事。現在被告因為嚴重的精神衝擊和壓力影響，無法想起那天發生的事情，然而班導師的證詞並不能成為被告殺死被害者的證據，況且被告自己現在也因朋友的死亡飽受痛苦折磨。」

金律師說的那些話似乎有些道理，最後她以「希望法官能理解一個失去朋友，無辜揹上冤屈罪名的年幼被告的心情」來總結辯論。

# 19 高中一年級學生

請問，你們是電視台的吧？你們有聽說那件事嗎？那天啊，就是案發的那一天，聽說有人看到池珠妍打朴瑞恩喔。

真的啦，那天是考模擬考的日子，大部分的同學都早早回去了，是留在學校的同學看到的。

學校分館一樓設有讀書室，是學校為了讓功課好的學生可以單獨在那裡念書而設的，也就是全校第一名到第二十名，只有那二十個人才能進去。總之，聽說其中一個在讀書室自習的人，正要拿試題本回教室時，卻在因為幾乎沒有學生，而本該是很安靜的走廊上，聽到了奇怪的聲音，是尖叫聲，接著打開走廊窗戶一看就看到了。

聽說整個過程全都看到了，看到池珠妍用磚頭砸朴瑞恩，雖然現在大家都閉口不談，但消息都已經都傳開了。

欸？你問我看到的人是誰？

這個我就不知道了。因為大家都只說隔壁班有人看到，或說有朋友看到這樣而已，如果要找的話，恐怕也不容易找到。

為什麼我要告訴你這個？

哪有為什麼，實在快悶爆了，也覺得朴瑞恩很可憐。池珠妍不是不承認是她做的嗎？

不是，我不是瑞恩的朋友，只見過幾次面而已。可是還是覺得她很可憐。而且照現在這樣下去的話，池珠妍肯定會被無罪釋放的。

這是一定的吧，這邊的同學大家都知道，池珠妍家境超好的，聽說池珠妍爸爸認識國會議員，和財閥又是朋友關係，背景非常厲害。聽說也和檢察官談妥條件了，池珠妍絕對不會受到處罰的。

# 20
# 珠妍

珠妍目不轉睛地盯著空無一人的空間，連續幾天她都是獨自一人。四天前，金律師來過之後，就再也沒有人來了。那天，金律師讓珠妍看了人們是怎麼對她指指點點，以及電視節目裡播出了什麼內容，似乎是想讓珠妍徹底知道自己在法庭上的行為，有多麼荒謬與愚蠢。

「妳現在知道了嗎？現在是妳掐著自己的脖子啊。」

電視節目裡介紹的那個珠妍彷彿就像是另一個人。有人說珠妍是惡魔，也有人說她是垃圾。還有人說，在不知不覺中，珠妍把曾經是朋友的瑞恩當成奴隸使來喚去。在這些人的口中，珠妍成了欺凌朋友的惡毒孩子。素不相識的人咒罵珠妍；認識珠妍的人說，早知道最後一定會搞成這樣。

「看到了嗎？妳現在只剩下自己一個人。」

珠妍覺得自己好像被撕成了碎片，一點都不剩了。金律師寒心地看了看珠妍後離開了，珠妍現在真的只剩下自己一個人了。

不，珠妍不是自己一個人。

珠妍靜靜看著的那地方，瑞恩就在那裡。珠妍知道，清清楚楚看到了，也明顯地感受到了，剛開始還以為是夢，但是不管是黑夜還是白天，瑞恩總是出現在那裡。

瑞恩什麼話都沒有說，什麼也都沒有做，她就只是站在那裡，安安靜靜地看著珠妍。

「妳到底想怎樣。」

「……」

珠妍牽動乾涸的嘴唇，試著跟她說話，但是瑞恩仍舊不發一語。

「光這樣看著，就能改變事情嗎？妳以為這樣妳就可以復活，我就能從這裡出去嗎？」

現在不管怎樣都無法改變了，珠妍也很清楚這一點。無論瑞恩帶著多麼埋怨的眼神看著自己，即使瑞恩每天都來找她，卻什麼也改變不了。瑞恩的臉看起來就像是在戰爭中失去一切、徒然等待死亡的人。珠妍很想揪著瑞恩質問為什麼總是來找她？她到底想要從自己身上得到什麼？

**妳，喜歡瑞恩吧？**

**我說的不是朋友間友情的那種喜歡，而是想問妳是不是愛瑞恩？**

犯罪側寫師這樣問，問自己是不是喜歡瑞恩。面對這個問題珠妍什麼也無法回答。就連珠妍自己也不了解自己，究竟瑞恩只是朋友，還是比朋友更珍貴的存在呢？珠妍低下頭，把臉埋進併攏的雙膝之間。

「這全都是因為妳，只要妳沒死就什麼問題都不會有，就什麼事情都不會發生，妳知道嗎？」

眼淚啪地一下掉落，順著臉頰滑下。珠妍對於經常來找她的瑞恩充滿怨懟。

那天，她也是像現在這樣看著珠妍。

「珠妍啊，妳到底在說什麼啊？」

「我是問妳，是不是在利用我？」

「我為什麼要利用妳？」

瑞恩一臉驚慌失措，珠妍看到瑞恩那種表情更加討厭。

「妳現在忙著打工、交男朋友，我有需要的時候都聯絡不上妳。可是現在要考試了，等到妳需要考試的重點摘要才跑來問我，這不是利用是什麼？」

「不是這樣的……」

「妳知道在妳交男朋友以後，我有多少次聯絡妳妳都不理我？我打電話給妳就回我說很忙，但卻能天天打電話給男朋友。妳是故意不接我電話，對吧？」

「妳怎麼這樣說話？」

「如果不是的話，那是怎樣？妳只有在需要我的時候才跟我聯絡，只想從我身上占盡各種好處、吸乾我，妳以為我是冤大頭嗎？」

「珠妍啊！」

「在我和妳男朋友之中選一個，因為我也受夠了老是被妳占便宜。」

「妳說什麼？」

瑞恩看著珠妍，一臉像在說「妳這是在講什麼鬼話」，然後露出一個「別鬧了」的微笑。

「我的話很可笑嗎？」

「不是這樣的……」

「我現在看起來像是在開玩笑嗎？是啊，那妳叫妳男朋友買試題本自修參考書給妳，叫他陪妳吃午餐就好了，就算妳跟以前一樣被排擠，也不會覺得孤單了嘛？」

「珠妍啊。」

「對妳來說，我到底算什麼？不是最好的朋友嗎？妳覺得最好朋友是只有在需要的時候才要假裝親近的關係嗎？妳不知道我最近有多累吧？我的心情如何？有什麼煩惱？妳根本一點也不關心。」

那天晚上以後，瑞恩就傳來了無數個道歉的簡訊。一直說對不起，還說全都是自己的錯。每看一次簡訊，珠妍的自尊心就狠狠被傷害一次，她的世界簡直像是要崩潰一樣。

到底對什麼感到抱歉？嘴上說最好的朋友，事實上並沒有真正把我當朋友，是因為這樣所以感到抱歉嗎？結果比起我，男朋友更加珍貴，是嗎？如果也不是那樣的話，是不是覺得吵著想要一起玩，千萬別留下我一個人，喊著快孤單死了的我這個樣子很可笑，所以覺得抱歉？

**妳，喜歡瑞恩嗎？**

犯罪側寫師的話在珠妍的腦海裡不停地盤旋著，我真的喜歡瑞恩嗎？

珠妍把頭埋進了雙膝間，不管是不是為了愛情，這對珠妍已經不再重要了。

是啊，我喜歡妳；不管我說什麼，妳都不會在我背後罵我，所以我很喜歡妳；面對妳我能把自己內心的話全都說出來，所以喜歡妳；當我開心的時候，妳都是真心和我一起感到開心，所以喜歡妳；當我做錯了，妳也不會用失望的眼神看我，所以喜歡妳。妳啊，能夠接受原原本本的我，所以我喜歡妳。

珠妍抬起頭，看著不發一語的瑞恩。

妳知道嗎？就算妳這樣一直出現……我也喜歡。

因為有妳，我才不會孤單呀。

# 21
# 精神科醫生

性認同的苦惱經常會出現在青少年時期，主要是這時期開始對異性產生了興趣，這年紀同時也是確立認同感的時期。

就池珠妍的日記來看，看不出來她對性認同有表現出特別不安的樣子，但是某一瞬間開始，她好像意識自己對朋友過度偏執的事實。這裡，請看看這一部分：

快瘋了，我為什麼會這樣，

真的好想瑞恩。

寫了又劃掉的這一部分值得注意，看起來是因為察覺自己對朋友的情感而感到混亂？這裡的問題在於家庭的氣氛很壓抑，這樣的學生應該要進行心理諮商，或是需要一個可以敞開心扉吐露心聲的對象，但是池珠妍的家庭氣氛完全不是這樣。日記中也經常出現不能被爸爸媽媽發現、感到害怕等句子。這說明池珠妍對父母有著極大的戒心，並視其為恐懼的對象。因此在沒有對象能吐露心聲的狀況下，將內心情感傾訴於日記本上。

池珠妍的狀況是，對自己的感情很混亂，不知道自己到底是怎樣的狀態，她也意識到自己對朋友的感情越來越執著。她在心情相當混亂的情況下發現對方，也就是朋友，對自己卻完全不是這樣的感情。這點對池珠妍來說，既是憤怒，也是一種挫折。

尤其池珠妍家庭環境優渥、功課又好，一直過著備受眾人稱讚的勝利組生活。話雖如此，她卻經常表現出焦慮不安的樣子。常常像是害怕自己成為失敗者而爭強好勝，惴惴不安。這種不安感堆疊成非贏不可的壓迫感，倘若最終無法如願，就會跟炸彈一樣爆發開來。在池珠姸的例子，就是面對他人的拒絕傾向採取憤怒與暴力的表現。

看到那傢伙糾纏瑞恩的樣子就討厭，也討厭看到瑞恩被那傢伙迷住，對我愛理不理的樣子。煩死了，真想把他們都殺了。

關於這部分，即便日記本上寫了想殺人，也難以認定這會延伸到現實世界裡，不能代表他們就真的會殺人，但是隨著暴力傾向的爆發，不排除他們可能會在某一瞬間做出自己難以承受後果的行為。

# 22
# 金律師

第一次開庭算是勉強過關了，但是難保之後的判決結果一定能取得勝利。金律師就像是一把專為刺傷人的尖刀，越來越銳利。每當一想到那天在法庭上發生的事情，一股煩躁就會瞬間湧上。自己明明如此盡心盡力，為了拯救一個只差一步即將墜落谷底的人，努力在懸崖邊大顯身手，但是珠妍的行為卻像是個迫不及待想要往下墜落的人。

「只有自己一個人在那裡頭的感覺怎樣？」

對於金律師的問題，珠妍什麼話

都沒有回答，只是兩眼無神地望著某處，彷彿被什麼勾住了魂魄似的。

金律師聽說自己沒來的這幾天，也沒有任何人來探視珠妍。雖然不是刻意安排的，但她覺得這樣反倒不錯，讓珠妍徹底感受獨自一人的滋味，她應該也感受到恐懼了。現在珠妍肯定明白這是多麼可怕的事情了，肯定知道自己的人生如今是踩在多麼危險的懸崖邊上，這樣她應該不會犯下像上次一樣的錯誤。

「妳乾脆自白說是妳殺的算了，不是叫妳假裝一副失去最好朋友的可憐樣嗎？連這個都做不到，甚至還罵髒話？還尖叫？」

原本憤怒大吼的金律師，忍不住內心懊惱地「哎呀」一聲。不管珠妍外表再怎麼假裝堅強，她終究不過是個才十七歲的孩子，本來自己應該是要保持理性來面對她，但卻是不自覺地對委託人，這個才十幾歲的少女大發脾氣。金律師不得不承認自己變得神經緊繃，相當敏感。

這一起事件正在媒體上引發諸多議論，也因此成了大眾關注的焦點。

金律師相當清楚，這次審判的結果將會對自己的職業生涯產生極大影響。

「很好，我們重新來過。畢竟妳也是第一次出庭，難免會覺得既陌生又害怕。我之前就說過一樣的話了，妳不要管別人說什麼，只要照我說的做就好，我會讓妳順利走出這裡。」

但是珠妍看起來就像是個丟了魂魄的人一樣，臉上完全沒有一點生氣。看到這樣的珠妍，金律師不知道為什麼竟然有些幸災樂禍。現在腦子是不是清醒了一點？妳此刻的處境就只能夠哭哭啼啼哀求我救妳，對妳來說，我可是天上掉下來的救命稻草呢。

金律師希望珠妍能夠苦苦哀求她。

「別再做出那天那種舉動了，如果那樣的事情再發生的話，真的就很難……」

「……萬一真是我殺的，那該怎麼辦？」

「妳現在到底在說什麼啊？」

金律師才一回問，珠妍就像是迷了路的孩子，開始嚎啕大哭。

「我真的什麼都不記得了，應該不是我做的……但是，萬一真的是我的話……」

「是妳的話，又怎樣？」

「什麼？」

珠妍的視線轉向了金律師，金律師以極為冷淡的眼神回看珠妍，那態度就像是完全不想理會找麻煩的小孩，顯得相當堅決。

「如果是妳殺的，難道是想用在牢裡度過人生來當成贖罪？妳這年紀是人生中最美好的時候，妳卻想待在監獄慢慢腐爛？」

珠妍的眼神不安地晃動，這感覺簡直像是媽媽就在眼前一樣。

「看著我。我之前也說過吧？只要是我負責妳的案子，妳就必須是無罪，我是為了要讓妳能走出這裡才會來的。是啊，想到死去的那個孩子，難免會覺得心痛。」

珠妍的媽媽在知道瑞恩功課既不好，家裡又很窮之後，總是看她不順眼，要珠妍去跟能對人生有幫助的孩子交朋友，老是和瑞恩這種不起眼的孩子混在一起，是一點好處也不會有的。

「罪惡感？是啊，當然會有，但不是現在該有的。就算妳現在覺得有罪惡感，也不會改變任何事。」

有那麼多不錯的孩子，為什麼非得要和那個叫瑞恩，還是叫什麼的孩子混在一起呢？媽媽打聽過了，那孩子的程度不是開玩笑的低耶。妳是因為可憐她才這樣嗎？大發善心也要有個限度啊。真的很在意那孩子的話，媽媽給她一點零用錢。妳就先好好念書吧，現在好好念書，將來才會成功。想幫助那些可憐的孩子？等妳成功了，到時候想怎麼幫忙都隨妳啊。

「死掉的孩子已經是過去式了，失敗者才會被過去的事情束縛、捆綁⋯⋯」

呸。

珠妍朝著金律師吐了一口口水，瞬間屋裡陷入一片沉寂。金律師緊閉雙眼，那坨口水在她的左眼下方緩緩流了下來，而珠妍仍是用惡狠狠的眼神瞪著她。

「齷齪。」

金律師舉起手擦去口水，珠妍那一句「齷齪」卻刺進金律師的耳裡，一直縈繞在耳邊。

齷齪？金律師不斷重複又重複了珠妍這句話。金律師的字典裡沒有失敗這兩個字，她那充滿了成功與勝利的人生是人人稱羨的，但是這個不懂事的黃毛丫頭，竟然斗膽敢污辱身為完美人生勝利組的她。

明明靠自己的力量什麼也做不了，這個被寵壞的驕縱丫頭，不懂得感謝就算了，竟然還敢罵我齷齪。

「要我跟妳說實話嗎？」

金律師的聲音平靜得令人寒毛直豎。

「大家都說妳是可怕又殘忍的蛇蠍女，把朋友當奴隸般使喚的天下第一該死的臭婊子，甚至還說妳是殺了人的精神變態。」

「我沒有殺她，我說了我沒有殺她！」

「妳到底有沒有殺她一點也不重要。從現在開始，妳所做的每一件事、說的每一句話，都會抓住妳的腳踝，把妳拖進泥沼裡。現在已經沒有人會相信妳說的話了。」

珠妍像是馬上要撲上去把人活剝生吞似的怒視金律師，而金律師面對叛逆期少女的臉龐，只留下了輕蔑的嘲笑。

「妳這樣抓狂發神經一鬧，我反倒很感謝，多虧了妳，現在我腦子清醒多了。妳和我似乎很不對盤，是吧？」

珠妍怒氣不減，呼吸聲變得粗重，金律師則是像什麼事都沒發生一般理了理文件，又順了順衣領。珠妍眼神怒視的力道絲毫沒有減輕，金律師則是面無表情拿起包包往外走，隨後又像是忘了什麼突然想起似的轉身看著珠妍。

「我們就到此為止。妳明白這是什麼意思嗎？」

「……」

「妳，完。蛋。了。」

# 23
# 珠妍媽媽

聽到金律師要請辭時，珠妍的媽媽眼前一片發黑。

「這是什麼意思……怎麼突然要辭職呢？」

如果律師辭職了，輿論走向會變得怎樣，即使不用看也猜得到，人們肯定會說珠妍這孩子沒希望了，就連律師也因良心受到譴責而請辭。到時人們肯定會照自己的意思亂說一通。

雖然也跟律師說了，如果還願意繼續接這案子，費用我們會多付一點，甚至是不管多少都願意給。但是金律師搖搖頭，嘴角似乎還帶著一抹輕蔑的微笑。

「到底辭職的理由是什麼？」

「我能做的好像只有到此為止了。」

「您這是什麼意思？」

面對珠妍媽媽的反覆追問，金律師不發一語，就只是搖了搖頭，彷彿宣判死刑一般。

殺了朋友的少女。

大家一定是嫉妒女兒有錢、聰明，而且還很漂亮。沒錯，珠妍媽媽覺得人們的竊竊私語肯定就是出於嫉妒，如果不是嫉妒，那或許是因為自卑感作祟。

金律師辭職之後，就再也沒有任何人願意擔任辯護律師了。即使開出上億韓元的豐厚高薪，也沒人想加入這個局勢完全倒向一邊的審判，再加上心理變態的傳言，現在是完全沒人願意插手珠妍的事件了。雖然沒有明說，但是大家都忌諱，生怕因為這件事損及自己的招牌，玷污自己的名聲。

珠妍媽媽完全無法理解，為什麼自己的女兒會做出這麼可怕的事情，到底為什麼？到底是缺少了什麼？到底原因是什麼？

仔細回想，珠妍一直以來都是一個相當挑剔的孩子，即使買給她各式各樣新奇的玩具，也從未看她開心地玩過。珠妍總是面無表情，在新買來的玩具面前、在新買來的衣服面前、在吃高級昂貴餐廳的時候，她從來都不會感到開心，無論為她做什麼，她都不會感到幸福。每當這時，珠妍媽媽總會感到一陣茫然，該怎麼做才能收買女兒的心呢？到底要怎麼做才能和女兒好好相處呢？

所以珠妍媽媽就更常買更多的禮物給女兒，期待著總會有一天，女兒能在看到禮物時露出燦爛明亮的微笑，說很喜歡這個禮物，並跟她道謝，也期望看到珠妍能得到幸福。

但是那一天始終沒有到來，接著就爆發了那件事。

「我不是說我不喜歡了嗎？全部都討厭！滾開啦！」

已經不記得是因為什麼事情讓珠妍如此生氣，但女兒經常為了小事就生氣。可是那天有些不一樣，珠妍像個瘋子大吼大叫，隨手抓了東西就亂扔。珠妍媽媽在旁不知所措，只是抬起手遮著驚訝大開的嘴，一臉慘白地看著珠妍。但是越是這樣，珠妍就變得越暴力，亂扔東西、大罵髒話。持續了一會兒之後，珠妍仍止不住憤怒，還開始自殘。

「不要這樣，珠妍，夠了！」

「放開我！不要碰我，把妳的手拿開！」

珠妍一開始用拳頭猛捶自己的頭，驚訝不已的媽媽出手阻止後，她就變本加厲更加粗暴，彷彿被人毆打似的發出「啊啊」的慘叫聲，珠妍開始拿頭用力猛撞牆壁。此時剛回到家的先生，聽到聲音嚇得趕緊跑了進來。

「發生了什麼事？」

珠妍唯一怕的就是爸爸。

先生回來了，以為珠妍會因此冷靜下來，媽媽似乎也稍稍安心了。但是，就在這一瞬間，因為珠妍的一句回話，媽媽打了個冷顫，寒毛直豎。

「對不起，我錯了，媽媽，我不會再犯錯，不要再打我了。」

那天之後，珠妍媽媽就不得不到精神科就診，但是女兒自殘，卻把罪過全都嫁禍到自己身上的事，珠妍媽媽怎麼樣也說不出口。

不管對誰都不能說。

絕對不行。

那天的事情，珠妍媽媽誰都沒有說，然後她對自己說，是我生的女兒，是我的寶貝女兒，這孩子不可能做出這麼令人心寒的事。只是孩子年幼不懂事，胡亂開的玩笑而已。對，一定是因為年紀還小，年紀小才會這樣。

# 24
# 犯罪側寫師

「我聽說了，妳好像換了一個律師。」

對於犯罪側寫師小心翼翼開口說話的樣子，珠妍也毫無反應。

「妳在看什麼？」

犯罪側寫師覺得打從剛剛就只盯著一個地方看的珠妍很奇怪，於是開口問道。珠妍的視線依舊不動，卻以低沉的嗓音喃喃自語。

「你沒看到嗎？」

「什麼？」

犯罪側寫師轉向珠妍凝視的地方，但什麼也沒看到。

「是瑞恩。」

瞬間，犯罪側寫師的表情變了，迅速且細微到幾乎無人會發現。

「妳說什麼？」

「是瑞恩，從剛剛就一直站在那裡。」

「妳可以看到瑞恩？」

「她經常來找我。」

「瑞恩什麼時候開始來找妳？」

本來只是一直發呆的珠妍，現在好像真的看到了什麼一樣，眼神聚焦盯著一個地方看。

「每天都會來，但是什麼話都不說，就只是站在那裡看著我。」

犯罪側寫師沒有對珠妍說什麼，就只是在一旁觀察著她。

「我啊，知道瑞恩為什麼都會來。」

「為什麼她會來呢？」

「因為她討厭我，討厭到希望我能死掉。」

到底在想些什麼呢？犯罪側寫師腦子迅速運作著。在律師辭職的這一時刻，珠妍突然說能看到死去的朋友，讓他覺得很奇怪，搞不好這是一種辯護策略。難道是因為現在審判處於不利的局面，為了減少量刑，所以假裝患有精神疾病？還是因為再也無法承受龐大的罪惡感，終於要招供了？犯罪側寫師直覺意識到現在是非常重要的時刻。

「瑞恩為什麼討厭妳？」

面對犯罪側寫師的問題，珠妍沉默了好一陣子沒有回答，然後才動了動她那乾燥的雙唇說：

「我似乎是為了讓爸爸、媽媽可以對人炫耀才出生的。不管我做什麼，爸爸、媽媽總是忙著炫耀。」

「不喜歡爸爸、媽媽拿妳來炫耀嗎？」

「偶爾也會喜歡，但是大部分時間都很討厭。」

「為什麼？」

「我好怕被人發現，發現我根本是個不值得拿來炫耀的孩子。」

珠妍雙眼無力地低垂，彷彿是在和自己的靈魂對話一般，以極微小的聲音說。

「不管什麼事，我都得要做得很好，讀書、運動、唱歌、畫畫，所有一切的一切。」

「妳擔心爸媽會失望，所以總是感到惶惶不安嗎？」

聽到犯罪側寫師的話後，珠妍揚起了一邊的嘴角，彷彿是在嘲笑，卻又像是虛脫。

「不是，是恐懼。」

「為什麼？」

「我媽媽很會丟東西，不管再貴、再好的東西，只要不能再炫耀了，就會丟掉。我覺得媽媽也會把我丟掉，只要我不再有什麼好處讓她可以炫耀的話……媽媽不喜歡瑞恩，說就算交朋友，也用不著跟那種人打交道，功課差又窮，和沒一點好處的孩子玩，到底能得到什麼啊？每次媽媽說這種話都會讓我很生氣，因為瑞恩是唯一一個我不必擔心她會拋棄我、離開我的人。」

「所以妳才會這麼喜歡瑞恩啊。」

「可是……」

「可是？」

「現在想想，已經搞不清楚是因為喜歡瑞恩才和她當朋友，還是因為討厭媽媽才和她當朋友的了。」

「因為討厭媽媽？」

「從某一瞬間開始，媽媽很害怕我，能讓媽媽感到害怕我覺得很棒，這樣她才絕對不會拋棄我。奇怪的是，做媽媽討厭的事情時，雖然會被媽媽唸讓我感到很生氣憤怒，但同時卻也感到安心。」

犯罪側寫師的眉頭緊皺，但是珠妍依舊望著虛空，喃喃自語地說道。

「上次你不是問我是不是喜歡瑞恩？我喜歡她，但我不知道該怎麼解釋……比起單純的喜歡，要來得更、更、更喜歡瑞恩。我不想讓其他人從我身邊搶走她。」

# 25
# 張律師

一位陌生男子走了進來，一眼就可以看出他心情不太好。珠妍透過媽媽得知這名男子是新來的律師，而且是因為沒有律師願意負責她的案子，逼不得已之下才來的公設辯護人。

媽媽一看到珠妍就淚流滿面，不停捶打自己的胸口。媽媽還問她過得好不好？有沒有哪裡不舒服？但是這些提問都不是發自真心，媽媽真正想說的話，媽媽捶胸頓足說的那些話背後的真心話，全都放在最後那一句話之中。

「到底為什麼要這樣對我？我的

人生都是因為妳而全毀了，不管講什麼都好，妳說些話吧。」

媽媽說的話全都不是發自真心，就只有那句話是真心話——都是因為妳……都是因為妳。

珠妍以前聽到這種話都會火冒三丈大發脾氣，但是現在她不再生氣了，因為自己毀了媽媽的人生，這似乎是個事實。媽媽的人生是不是從我出生開始就被毀了呢？我是不是不該出生在這世界上的人呢？

「喂，這位同學，妳要是不開口說話，我也無能為力喔。」

雖然珠妍不發一語，但對張律師來說這並不重要，反正自己也不是為了聽她的說詞才來的，張律師只不過是為了達成工作要求而來。

所謂的公設辯護人，就是即便是自己不想辯護的案子也得做，張律師的工作就是如此。如果連很厲害的律師都放棄的話，那這個案件的結果很明顯了嘛，肯定是場無法獲勝的遊戲。張律師知道，自己在這裡必須要做的事情，不是證明珠妍無罪，而是想辦法讓珠妍可以減少量刑，但是張律師對此也不甚滿意。

有罪的話，就該接受懲罰。

張律師對於青少年犯罪，尤其是校園暴力或霸凌行為深感厭惡，不，應該說是憎恨作嘔程度的痛恨。有人可能會說不過就是還不懂事的孩子，年紀小的時候任誰難免都有可能犯錯，但是任何理由對張律師來說，都只是說不過去的藉口罷了。

因為他比任何人都清楚，欺凌一個孩子，就等於折磨一個家庭，這與破壞一個家庭、摧毀一個孩子的人生沒有兩樣。

執業以來張律師什麼三教九流的人都見過，因為酒醉，對自己犯下的錯誤說什麼都不記得的人；厚著臉皮說不知道自己犯了什麼罪的人；從頭到尾都認為自己無罪的人；大喊著這一切都是陰謀的人，還有說謊跟吃飯一樣自然的人。

珠妍會被判處的最高量刑是十年有期徒刑，不，犯下殺人這種嚴重罪行，說不定會在監獄關上十五年。雖然以十七歲的年紀來說，十五年是很漫長的時間，但是張律師認為對於犯下兇殘罪行的人來說，十五年實在是微不足道的刑罰。保護青少年？張律師嘴角忍不出露出一抹不屑嘲弄的笑容。

當然，張律師也明白，有時候家裡會比街頭生活更加殘酷，所以逃往街頭的孩子，會因為飢餓而犯下罪行。這種時候只要稍微給予關懷的懷抱與輕聲安慰，很多孩子就會因此改變。

但是不論任何藉口，都無法正當化暴力行為。張律師認為，如果是校園暴力的話，就更無任何理由可以推託。以年紀小當擋箭牌，做出殘忍可怕行為的罪人簡直十惡不赦。張律師回想起那些不願再記起的往事，牙齒不自覺地打起顫來。

張律師的臉現在因為輕蔑而近乎扭曲，他覺得如此恣意妄為的孩子實在太可怕，吃了熊心豹子膽似的什麼都不怕。就連自己做錯什麼都不知道的孩子，有著成人的身體，卻主張自己還年幼，要求必須無條件原諒他們。

很久以前，張律師也曾被這樣的孩子欺負過，甚至還曾想過要了斷自己的生命。直到孩子痛苦得尋死之前，大人們誰也不知道。不，或許大人其實都知道，只是裝作不知道而已。大家都是這麼長大的啊，每個人難免都會有點痛苦，最終都會克服的。每當聽到這種沒根據、隨口說的回答，他年幼的心靈就一點一滴慢慢死去。

然而現在，張律師卻成了霸凌加害者的辯護律師。他只希望這工作能夠快點結束。

每個犯了罪的孩子都這麼說：我沒想到會變成這樣；是他先罵我們的；是因為太生氣才會這樣；我沒想要做到那麼過分；不知道為什麼總是覺得很生氣；我只是跟著別的孩子一起做……

全都是些不像話的辯解，沒想到會變成這樣？長達幾個小時逼迫受害孩子做不願意的事，還瘋狂毆打對方，竟敢說沒想到會變成這樣？眼睜睜看著受害孩子哀求饒命，還嘻嘻笑笑地嘲諷，甚至拍影片上傳，怎麼有臉說沒想要做到這麼過分？

每當聽到這些令人作噁的辯解，張律師就忍不住嘲笑回覆：「是沒想到會受罰吧？是沒想到在自己帶著惡魔般的笑容，毀滅、踐踏別人的人生之後，自己也將遭受懲罰吧？」

關於珠妍，張律師該知道的都知道了，某個電視台製作的特輯節目一集都沒有錯過全看了。珠妍生長在富裕家庭，在備受關愛之下成長，她的行為舉止有多麼目中無人，還有，她是多麼恣意妄為地折磨、欺負被害者。

「現在還看得到被害者嗎？」

原本不發一語的珠妍，帶著一臉「什麼意思」的困惑表情，呆呆地望向張律師。張律師露出嘲諷的笑容接著說。

「死去的被害者啊，妳不是說看見她了。」

珠妍沒有回答，似有若無般點了點頭。「噗哧」，張律師不自覺地笑了出來，因為珠妍的臉實在太過真摯，好像連說謊的力氣都沒有一樣。

剛聽到懷疑珠妍有精神疾病的說法時，張律師實在忍不住笑了出來，莫非是要用神經病來脫罪？真噁心。腦子聰明到知道要怎麼做才會減輕量刑的人，會有精神疾病？就連這個都是已經計畫好的吧。

張律師知道珠妍在法庭上又尖叫又大罵髒話的事，但是這只代表她生氣時無法控制自己的情感，同時也代表她沒有絲毫罪惡感。這孩子還真是不管什麼事情都隨心所欲，知道自己有父母當靠山，就不管天高地厚，任性恣意妄為。張律師相當清楚，這樣的孩子有多麼狡猾、多麼可怕。

該為這種孩子辯護嗎？犯了大錯，難道不該付出相應的代價嗎？對被害者家屬而言，自己透過辯護幫加害者減輕量刑，是不是做錯了呢？每次一想到這些問題，張律師就會很想辭職。

妳那個了不起的爸爸現在也放棄妳了；那位了不起的律師也兩手一攤投降離開妳了，現在沒有任何人願意幫妳辯護了。雖然我也很不想接，但是當了公設辯護人，只能逼不得已接下這個案子。雖然張律師很想說其實他最痛恨的就是像珠妍這樣的人，但是他決定以更短、更強烈的方式來結束。

「看來妳是不打算開口了，那我也沒什麼能做的了。」

聽了張律師的話，珠妍深深吸了一口氣。看著不知所措、眼神動搖的珠妍，張律師覺得相當煩躁。

「沒有別的要說的話，那就到此為止……」

「大家說的好像是真的。」

「說什麼？」

「……好像是我殺的。」
「什麼？」
「那天，我……我那天真的很想殺了瑞恩。」

## 26

# 補習班前的便利店老闆

哎呦，別提了，你都不知道她們多常來這裡。這裡附近不都是補習班嗎？那個學生國中、高中都在這附近補習，雖然不算認識，但我在這裡看了三、四年了。

嗯，她不是特別會引別人注意的學生，但是從某天開始，兩個小女生就進進出出都黏在一起。我記得很清楚，兩個人的感覺看起來不太像是朋友。

那個短頭髮的女孩子總是在我們便利商店前等長頭髮的女孩子。等三十分鐘根本不值得一提，很多時候都是超過一個小時。有天天氣非常寒冷，看她在前面等了一個多小時，我就問啦，她就說在等朋友。拜託喔，現在哪有孩子會等朋友等一個小時的啊？你隨便在路上抓一個孩子問問，哪有孩子會這樣？我就問她，可以等朋友補習班下課再來啊，為什麼這麼早就來等？她就只是笑笑，什麼話都沒說，所以我就叫她進來等。從那時候開始，我只要看到她們兩個，就會忍不住觀察。

她每次都在這裡等到長頭髮的女孩子補習班下課後，再一起走，有時候會進來我們便利商店買點泡麵或紫菜飯捲吃，可是啊，看起來有點奇怪。哪有什麼為什麼，那個長頭髮女孩子總是一直干涉，管非常多，不管選什麼，一定要選她想吃的，因為總是長頭髮的女孩子結帳，所以剛開始我心想，大概是讓付錢的人選吧。

忘了是什麼時候……有一次是短頭髮的孩子付錢，好像是買泡麵還是冰淇淋吧？反正結帳的時候，她拿出了一千韓元紙鈔和好幾個硬幣。

哎呦，結果那個長頭髮的孩子好像覺得很丟臉還是怎樣，就在那邊亂發脾氣，從那時候我就知道了。講難聽一點，一百塊硬幣就不是錢嗎？難道不是嗎？可是長頭髮的孩子卻把零錢看成要丟的垃圾一樣。

最近只要打開電視，很多都會講到校園暴力之類的啊，難免會多注意一點，所以只要她們兩個來的話，都會仔細多觀察一下。我覺得不能再這樣袖手旁觀，所以就跟長頭髮孩子的補習班老師提過一次，但是補習班老師說我一定是搞錯了。

唉，到現在我只要一想起那兩個孩子，這裡，就像在胸口這裡放了一個沉重的東西一樣，覺得消化不良。誰知道事情會變成這樣呢，只是對死去的孩子感到很抱歉。

27

# 珠妍

珠妍看著牆壁。會面時間裡，面對只是一直發愣無神的珠妍，爸爸也只能深深嘆氣，感覺就像是在等待時間能快速流逝一樣，爸爸彷彿一點都不想看到珠妍的臉。儘管如此，他還是來找珠妍，或許對爸爸來說，就連會面都只是必須要做的事情之一吧。

「這段日子以來妳到底在做什麼啊？妳到底做了什麼，才會讓那些人什麼難聽話都說出來了？」

爸爸生氣地說，但是珠妍卻連爸爸在說些什麼都不知道。

「只要這件事情順利結束，我可

不會輕易放過這些人，全都以妨礙名譽提出告訴！」
在火冒三丈的爸爸面前，珠妍只是低著頭怯生生地撥弄著自己的手指。每次挨罵時總是這樣，焦慮不安時也總是這樣。
「沒什麼好擔心的，我一直那麼努力打拚到現在，絕對不會在這裡倒下，不管怎樣我都會想辦法的。」
爸爸長長的嘆息聲深深刺進珠妍的耳裡、腦子裡、胸口裡。爸爸留下嘆息聲離開後，珠妍又再度一個人被留下。
珠妍坐在最角落的位置，將整張臉埋進了雙膝間，然後，像是習慣般尋找瑞恩，可是哪裡都不見瑞恩蹤影。每當爸爸用不甚滿意的眼神看著她、每當爸爸對她發出失望的嘆息聲時，珠妍總是從瑞恩那裡獲得安慰。瑞恩啊，妳在哪裡？可以安慰我一下嗎？告訴我一切都沒關係，拜託，告訴我一切都沒關係，拜託了……
尋找瑞恩的珠妍雙眼滿盈著淚水，那一瞬間，珠妍的表情變得冰冷僵硬，原本思念朋友的眼神，現在卻充滿了怨懟。

朴瑞恩，這一切都是因為妳，如果不是妳，只要妳沒死的話，就什麼事都不會發生。

如果可以的話，真的好想讓時光倒轉，讓時間回到那一天，在學校後面和瑞恩最後一次見面的那一天。

「對不起，珠妍啊，都是我的錯。」

「妳知道妳做錯什麼嗎？」

一開始本來沒有想要生氣的，抱歉自己很像個年幼的孩子嘟嘟囔囔地發牢騷，叫妳在男友和自己中間選一個的話也不是真心的，只是想要像以前一樣相處，本來是打算這樣說的，但是，在瑞恩道歉的那一瞬間，珠妍一股巨大的怒氣直衝腦門。

「妳要我做什麼我全都會做，不要這樣，我想要繼續和妳當朋友。」

瑞恩幾乎都要哭了，她緊咬下唇一副不知所措的表情，對珠妍說抱歉，說要她做什麼她都會做。但對珠妍來說，這句話聽起來就像是除了「不會再讓她一個人」這句話以外，其他任何事她都會做。

「叫妳做什麼全都會做？那妳就和那傢伙分手啊。」

「珠妍啊，為什麼老是這樣……」

「沒辦法分手嗎？」

珠妍因憤怒、嫉妒與自尊心而滿臉漲得通紅。好友為了一個交往才沒幾個月的男朋友而拋下自己，珠妍怎樣都無法理解。

在一起的時候很開心，悲傷的時候、快樂的時候總是會想到的人，對珠妍來說，瑞恩就是這樣的存在。難道瑞恩不這麼想嗎？珠妍覺得瑞恩彷彿轉過身，只對自己伸出一隻手。但是總有一天她會甩開自己的手，頭也不回地離去。

「妳想做什麼就做什麼，想和我繼續當朋友？為什麼？因為還可以從我這裡拿很多東西？」

「不是這樣的，珠妍。」

「剛才妳不是說我要妳做什麼妳都會做嗎？那妳就去死啊？」

「池珠妍。」

「幹麼？不是說叫妳做什麼都會做嗎？妳為什麼老是騙人？到現在為止對我說的話全都是謊話吧？妳也討厭我討厭得要死吧？」

唉。

瑞恩以嘆息取代回答，珠妍的心「咚」一下沉到谷底。

在珠妍心裡，那一聲嘆息，相當於自己變得破爛不堪，馬上就要完蛋的感覺，也相當於瑞恩馬上就要離開她的訊號。對瑞恩來說，自己已經是沒有任何利用價值的人了。

珠妍再也無法忍受這種感覺。

就在這時候，一塊磚頭進入了珠妍的視線，而此時的珠妍已經幾近瘋狂狀態了。

「不去死？那我來幫妳死。」

# 28

# 國中時期補習班老師

我怎麼可能忘了那天的事呢？到死都忘不了。可以讓我先喝杯水慢慢說好嗎？

珠妍在補習班裡是非常受歡迎的學生，功課好、很會察言觀色又平易近人，是個無可挑剔的孩子，我一直以為是這樣。

但是有一天，補習班前面便利商店老闆跟我說了關於珠妍一些奇怪的話，說珠妍好像在欺負其他朋友的樣子。一開始我也說不可能有這種事，是不是搞錯學生了？我知道的珠妍絕對不是這種孩子。雖然我想不可能，但是聽到這種話之後，難免會更加注意她們的一舉一動，後來就覺得某些地方有點奇怪。在我們眼裡，珠妍是個很乖的孩子，但在孩子之間的評價卻似乎不是很好。學生們年紀輕，難免會這樣嘛，他們之間的人際關係和我們想像的不一樣。但是珠妍她啊，該怎麼說才好呢？其他孩子都滿怕她的，可能多少有那一面吧，之後就發生了那件事。

補習班有獎學金制度，會給成績優秀的學生特別的獎學金，這也是補習班的一種廣告策略。給獎學金的話，功課好的孩子不就會來我們補習班嗎？功課好的學生越多，好口碑自然會口耳相傳。偏偏珠妍和書珍兩個孩子的成績一樣，這種情況通常會把獎金分成一半給學生。

可是書珍的家境有些困難。對珠妍來說，獎學金不過就只是零用錢；但是對書珍來說，只拿到一半獎學金的話，就沒辦法再補習了，所以我心裡難免會覺得在意。雖然也想乾脆拿出自己的錢補不足的獎學金，但是我也只是領月薪的補習班老師而已，而且我還有妻兒要養，這又何嘗是件容易的事呢？所以便試著拜託珠妍。

我就照實際情況全都說了，書珍家的狀況有點困難，問珠妍這次能不能稍微讓步一下，優秀成績還是會一起通報的。誰知道珠妍卻果斷地表示不願意，還反問她為什麼要這麼做。老實說我有點驚訝，本以為她會說考慮一下呢。但是又能怎麼辦呢？她都說不要了，原則上這也不是我能再想什麼辦法的事情，所以我說知道了，就讓她走了。沒想到這傢伙……

和我說完話，她就立刻去找書珍大發脾氣，質問她想像乞丐一樣來補習嗎？氣到就像頭上在冒煙一樣。書珍完全不知道我去拜託一事，而且珠妍還在所有同學面前質問她是不是乞丐？當乞丐很驕傲嗎？這種事我怎麼能袖手旁觀呢？

於是我立刻叫珠妍來辦公室，問她到底在做什麼，還訓斥了她一頓。

我記得非常清楚當時珠妍的眼神，就像在看仇人似的瞪著我，還頂嘴說她又沒有說錯。我也很生氣，所以就訓斥了幾句，問她是從哪裡學到這樣跟老師說話的，真沒想到妳是這種孩子。

當時我實在太生氣了，從便利店老闆那聽來的話就脫口而出，還說：「別人也知道妳平常會欺負其他同學，那些話都傳到我耳裡了。」結果她就怒氣沖沖地說，「別以為我會放過你。」

對，沒錯，因為在氣頭上，我的確推了她肩膀幾下叫她試試看，然後她就突然一邊哭一邊跑了出去。

在那之後，就跟您所知道的一樣，院長、其他老師、學生都認為我是性騷擾罪犯。我怎麼可能會摸珠妍的胸部？我可是有個國小女兒的爸爸呢，我又不是什麼變態，怎麼可能會摸學生的胸部……

我就像被補習班攆出去似的辭職了，但那之後也沒辦法再去別的補習班。因為嚴重的心理創傷，我已經是一看到女學生就會產生幻聽的程度，現在一天也睡不超過三小時，因為一睡著就會做惡夢。

真相？已經說了數千數百遍了，我真的沒有做，但誰也不相信我。那時，我意識到一件事：原來世人並不想聽真相，就只想聽他們自己想聽的話而已。

聽說珠妍現在的狀況了。嗯，關於那件事我一無所知，所以沒什麼好說的。但是唯有一點一定要跟你說，千萬不要完全相信她的話，她真的是個可怕的孩子，非常……可怕的孩子啊。

# 29
# 張律師

「妳還是不打算開口就是了？」一直翻閱著文件資料的張律師似乎已經沒耐心再等待了，於是先開口詢問。

「不說話，對妳是一點幫助也沒有。我又不是警察，至少要跟我說點什麼，我才能看要怎麼幫妳辯護啊。」

上次會面時，說想殺了瑞恩，是珠妍最後說的一句話，在那之後就沒再開過口了。這次會面以為可以聽到什麼的張律師卻事與願違，這次珠妍像上次一樣保持著一貫的沉默。

「妳知道就因為妳一個人，多少人跟著吃苦受罪嗎？瑞恩媽媽現在根本無法吃飯，每天都去學校，警察也是。我們別再浪費彼此的力氣了，該承認的就趕快承認，盡快把這個案子結束吧。」

「會怎樣呢？」

是啊，我就知道。張律師內心一陣空虛，就算沒有反省，但至少希望她明白自己做錯了什麼，做了什麼不該做的事，做了什麼身為人不該做的事。但是就像大部分的犯罪者一樣，珠妍也只是擔心自己的未來。

「這取決於妳，看妳反省的程度……」

「不，不是說我，是說阿姨。」

「什麼？」

「不知道……阿姨……會怎麼樣，一定很難過……」

珠妍乾裂的嘴唇哆哆嗦嗦，抖個不停。

聽到珠妍提起了被害者母親，讓張律師覺得很不舒服。還能怎樣？

失去唯一女兒的母親，肯定是天崩地裂，全身像是被撕得碎爛的感覺，肯定是每天都得忍受如惡夢般可怕的地獄吧。

「如果我說是我做的，阿姨就不會再去學校了吧？如果我說是我做的話……」

珠妍的聲音漸漸變得微弱。

「大家說是我殺的。」

聽到珠妍的話後，張律師眉間皺了起來。當律師以來，見過無數次這樣的事情了，昨天還說不是，但今天說自己錯了的情況也很多，因為委託人說詞總是反反覆覆，即使努力為他們辯護，結果也會突然又改變說詞。

「別說得那麼模糊不清，明白確實地說清楚，妳承認做錯了嗎？」

「大家說的是對的。」

「什麼意思？」

「我欺負瑞恩，雖然不是故意的……或許真的讓瑞恩很難過吧。」

意料之外，原本不承認自己犯行的珠妍，現在正向張律師像是承認錯誤一般地開口說道。

「所以，妳現在承認妳做錯了嗎？」

面對張律師的追問，珠妍彷彿罪人一樣低下頭縮起了肩膀，然後，像在努力壓抑什麼似的，用微弱的聲音回答。

「因為大家……都說……全部……全都是我做的……」

「……」

張律師注意到珠妍的雙手，珠妍緊緊抓著衣角的雙手不停顫抖著。看到那雙手的那一瞬間，張律師陷入一種很奇怪的感覺裡，像是從深處傳來巨大的回響，那就像是地震、是颱風、又像是閃電的感覺。

「不是在問妳嗎？到底是妳做的，還是不是？」

「……反正。」

「什麼？」

「反正……你也不會相信。」

珠妍微弱的聲音像是喃喃自語，肩膀仍是畏縮著，聲音一點力氣也沒有，原本眨個不停，眼神飄忽不定的雙眼，在與張律師對視的極短瞬間，流露出「反正也沒人會相信我」的絕望，那是充滿了怨懟與不安的眼神。那眼神，和學生時期欺負自己的那些惡魔眼神不一樣。

那只不過是一個被嚇壞的少女的眼神。

30

# 學生家長

你們現在這樣做是得到誰的允許了嗎？電視台的立場我固然能理解，但是你們身為大人怎麼可以不考慮一下孩子們呢？孩子們會受到多大的衝擊啊，一定要像這樣鬧得天翻地覆才痛快嗎？這簡直就是在孩子們的傷口上灑鹽啊，而且對象還是那些正在努力讀書，正值敏感時期的孩子。這件事光是要掩蓋過去，當作沒發生什麼事都不夠了。你們有必要做到這種地步嗎？

我家孩子如果上不了大學，電視台要負責嗎？不可能嘛。事關孩子人生的問題，為什麼要搞得人心惶惶呢？瑞恩媽媽也真是的，怎麼像這樣每天都來學校呢？不管是電視台還是瑞恩媽媽，總而言之都是問題。

當然知道啊，怎麼可能不知道。瑞恩媽媽總是抓著孩子問有沒有知道些什麼的，還拜託他們幫忙問。我家孩子某天漲紅著臉告訴我這件事，我還以為血液都要倒流衝上頭了呢。我孩子因為這件事，都沒辦法念書了。

要不是逼不得已，我怎麼會去找校長呢？是啊，我是找了幾個媽媽一起去，但這不是理所當然嗎？這裡是學校耶！學校就該讓孩子能好好念書才對，孩子全都這麼躁動不安，書是要怎麼念得進腦子裡啊？

天啊，看看這個人，怎麼會說這麼奇怪的話。有誰說死去的孩子不可憐？我也很心疼，覺得她很可憐啊。但是已經死去的孩子就是死了，我家的孩子還得繼續生活下去，不是嗎？孩子有了心理創傷，會連大學入學考試都連帶完蛋的。現在這件事嚴重影響我家孩子讀書，因為精神衝擊太大，根本連覺都沒辦法睡了。

實在很可笑耶，唉，好了！總之，你們再敢抓著孩子說要採訪什麼就試試看，別以為我會放過你們。

# 31
# 張律師

張律師嘴裡發出了一聲嘆息，不知道為何心裡有點不舒服的感覺？

為什麼會這樣？不是一切都結束了嗎？這根本等於是取得池珠妍的自白，那還有什麼問題呢？張律師反問自己。

「那天，因為我……我那天真的很想殺了瑞恩。」

珠妍的一番話簡直與招供無異，所以現在整個案件也該結束了。但奇怪的是，張律師心裡總是很在意珠妍。

難道是想演精神異常嗎？是呀，

說不定就是演的，光是看電視節目報導，不就提過珠妍多次為了自身利益，欺騙大家的事情嗎？

會利用朋友，又把朋友呼來喚去地支使的利己主義者；無法控制憤怒的精神變態……

節目裡訪問的人不約而同這樣說，大家都覺得珠妍很可怕，所有人的語氣彷彿珠妍是會殺死朋友也不足為奇。

「如果我說是我做的，阿姨就不會再去學校了吧？如果我說是我做的話……」

張律師反覆咀嚼著珠妍的話，如果是演的話，為什麼會說出這樣的話呢？張律師不自覺地咬著左手拇指指甲，必須再好好審視這個案件才行。

在導致被害者死亡的磚頭上，留下了珠妍鮮明的指紋，這是無庸置疑的明確事實。但是實在很難想像珠妍可以將磚頭砸得如此破碎，不管怎麼想都實在無法理解。又不是電影裡使用的道具，怎麼可能碎裂到這種程度；也不是個健壯的成年男性，只是瘦弱的女學生，會有這麼強大的力量砸成這樣嗎？張律師靠著椅背陷入沉思。

如果一直反覆地砸，直到磚頭成了碎塊呢？如果真是如此，也不是不可能的事吧？不對，如果真是如此，被害者身上一定會留下痕跡，但是不管是驗屍結果還是醫生的意見，都明確表示死因是由一次巨大衝擊所導致的。

「反正……你也不會相信。」

珠妍說的沒錯，的確不管珠妍說什麼，張律師都不會相信的。

「因為大家……都說……全部……全都是我做的……」

總覺得一直聽到珠妍的聲音，那彷彿已經放棄一切的聲音。

「大家說是我殺的。」

對啊，她說的不是「我殺的」，而是「大家說是我殺的」，也就是說那話不是珠妍自己說的，而是其他人說的。張律師緊閉雙眼，因為現在終於了解，與珠妍面會過後，自己內心相當糾結與困擾的到底是什麼了——

或許，說不定珠妍真的不是兇手。

# 32
# 校警

吼，真是夠了，又是為了採訪還是幹麼來的吧？我都說幾次了，已經講了好幾次吧，這裡不是可以讓你們隨便一直來採訪的地方……啊？律師啊？律師來這裡有什麼事嗎？我什麼都不知道，又不是說在這裡工作，就會認識全校學生啊。喔，是喔，反正警察會查出一切真相。我什麼都不知道。喔，等一下，你說你是誰的律師？池珠妍？

那位學生還好嗎？小小年紀就進了那種地方，可不是普通的辛苦。啊，我會這樣說，是因為她不像是會進那種地方的那種學生。

我記得那兩個孩子，當然啊，你都不知道她們多客氣，進出都會跟我打招呼。那兩個孩子每天都黏在一起，有禮貌、開朗活潑，又很乖。這種事情竟然發生在這樣的學生身上，我不敢相信，也不願相信啊。

她不像媒體輿論上鬧得沸沸揚揚的那樣，不是什麼惡魔的孩子，什麼都不知道的人真不該這樣隨便亂說話。她真的是非常乖啊，偶爾還會跟我說辛苦了，有時也拿飲料給我。世上哪有這麼乖巧善良的孩子，大家什麼都不知道，竟然還說那些難聽的話。

所以說，真不知道為什麼會發生這種事情，怎麼會發生這麼可怕的事呢？

案發現場嗎？哪裡是什麼現場，只不過就是學校後面的空地，以前是焚燒場，現在就只是空在那邊而已。

啊？去那裡？一定要去看嗎？警察都不知道去過幾次了，就算去了也沒什麼好看的了。嗯，如果真的要去的話……就請跟我這邊走吧。

對，就是這裡了。發生這種事情，對學生們來說是多大的衝擊啊。為了不讓學生看到，所以才會用帆布把這裡都遮蓋起來。

我到現在還是非常遺憾也很懊惱，我並不知道那件事。你看那邊就明白了，因為那邊上面有遮雨棚，如果不仔細看的話，從學校裡面根本看不太到這邊。雖然話是這樣說……但是我一天巡查校園好幾次，怎麼會不知道呢。對先離開世上的那孩子我是真的很抱歉，竟讓她獨自一人整夜待在這裡。對學生們我也感到很抱歉……如果是我先發現的話就好了，偏偏是讓學生先發現……我現在每天胸口都鬱悶到不行，非常痛苦。

這個嘛，我不知道是誰先發現的，警察也問了好幾次，結果都是不了了之。也是啦，每條走廊都有窗戶，而且學生本來就很多。據說好像是好幾個學生同時發現的，又好像是有人發現後放聲尖叫……孩子們本來就很容易受到驚嚇。

可不是嘛，話都說到這了我才講的啊。照理說孩子都發生這種事了，正常人不是都會覺得很心痛嗎？但是那些三天兩頭就跑來這裡的記者、製作人之類的人，一直問東問西，像是要挖出什麼八卦一樣，這樣不僅是對先離世的孩子很無禮，也是完全不把學生們驚嚇、悲傷的心情放在眼裡，那些傢伙只要問到一點小小事情，就會誇大其辭地寫出來。

你都不知道我們這一區最近有多麼吵鬧，什麼有的沒的閒言閒語都出來了。一下說孩子是不良少女，一下說是奴隸關係，一下又說什麼的。真是的，聽到這些話真的是很無語。但是記者們來了，又統統都寫出來，每次看到那些報導，我都會氣到說不出話，唉。

如果有罪的話，當然該受罰，這是理所當然的啊。但是那個學生是不是真的有罪？那些記者們既不是警察，也不是法官，他們憑什麼下評斷？

只要想到先離開的孩子，我也難過得無法入睡。每次看到那位學生的媽媽站在這裡，我都會心軟也很心痛。真是太可憐了，失去女兒的心情該有多悲痛，要不然那位媽媽怎麼會每天都來學校呢？我也只是個領薪水，得看人臉色的小員工，不得已只能請她出去，但是我又何嘗想要做到這種地步呢？這麼做我的心情又會好到哪裡去呢？

有一天下著雨，那位媽媽連雨傘都沒撐就站在那裡，所以我就請她喝一杯咖啡。看樣子是根本沒怎麼吃的樣子，整個人都瘦了。也是啦，父母早一步先送走孩子，心情又能好到哪裡去呢？

死不了才苟延殘喘啊，死不了啊。

# 33
# 張律師

已經過了二十分鐘，兩人都沒有說話，但是張律師看著珠妍的眼神與上次不同。從案發現場回來之後，與學校警衛聊過之後，張律師想法有些改變，或許珠妍真的不是兇手也說不定。

「說說看，真相到底是什麼？」

「……」

「好，妳是對的。一開始我的確沒打算相信妳的話，我斷定妳犯下不可饒恕的錯，認為妳必須接受懲罰。」

「……」

「但是現在不一樣了，我錯了。妳就說說看，因為我必須知道真相。」

珠妍的肩膀上下抽動，張律師目光堅定地看著珠妍，繼續說道。

「我說我相信妳。」

一時間，珠妍肩膀抽搐起來，眼淚從皺成一團的臉龐上不停滑落，鼻尖也因哭泣而變得紅通通的，那模樣看起來彷彿失去母親的孩子般那麼無助，而這一切只因為有人說了一句願意相信她。珠妍就這樣哭了好一陣子，張律師就只是靜靜看著珠妍哭泣。在深沉的寂靜中，只有珠妍的哭聲悲淒地湧出來。

不知過了多久，珠妍嘴唇緊抿了一下，像是下定決心終於開口說話。

「其實我也不知道……該說些什麼才好。」

「那天到底發生什麼事，妳只要照實說就可以了。」

「那個……我真的不記得了。」

「那說記得的部分就可以了。」

「那天……我真的很恨瑞恩，痛恨到想殺了她。」

「為什麼？」

「瑞恩……我怕她會離開我。」

珠妍捏著自己的手指，低下了頭。

「瑞恩有男朋友了，從那天開始我就很嫉妒。除了瑞恩之外，我就什麼都沒有了，但瑞恩卻不是這樣。」

「因為這點就想殺了妳朋友？」

珠言點了點頭代替回答。

「我太生氣了，就像快要瘋了一樣，偏偏那天看到了磚頭。」

「所以呢？」

「氣憤之下我拿起磚頭，但是瑞恩的眼神卻完全沒有閃避，也沒有跟我說抱歉，也不開口叫我別這樣，就只是直直盯著我看。」

珠妍的眼神對上張律師的雙眼，張律師覺得珠妍漆黑的瞳孔直直映入自己的瞳孔裡。

「瑞恩對我說了些什麼，那些話實在令我很害怕……」

「很害怕？」

「對，第一次覺得瑞恩很可怕。」

「她說了什麼？」

「我記不起來了……但是她說對不起，說了對不起。」

珠妍的話還沒說完，張律師眉頭緊皺，對不起這句話哪裡可怕？張律師不懂，不管是對拿磚頭威脅自己的朋友說對不起，還是覺得對不起這句話很可怕，張律師都覺得無法輕易理解這樣的情況，這些敘述完全前後矛盾。

「還有呢？」

「這就是全部了。她好像不是我認識的瑞恩……所以我逃走了。雖然完全不記得自己是怎麼回到家，也不記得我遇到了誰……但如果真是我殺了瑞恩的話，應該不可能什麼都不記得才是啊。」

「所以，妳的意思是雖然妳有拿起磚頭，但是並沒有砸下去？」

珠妍點了點頭，她的臉上感受不到一絲虛假。如果珠妍的話屬實，那麼在珠妍與瑞恩分開之後，又到底是誰將瑞恩推向死亡的呢？

太奇怪了，雖然不管任誰聽到這話，都會覺得難以置信，但是張律師卻變得更想相信珠妍。

# 34
# 教務主任

哎呦，辛苦您這麼大老遠跑這一趟了，來，請這邊坐。之所以會請您過來，是關於這件事，有些話一定要轉達給您。

我捧這個教師飯碗已經超過三十年了，回想過去這段日子，真的各式各樣的事情都經歷過了。現在回想，會納悶當初怎麼那樣做，後悔的事情也很多，當時怎麼會那樣呢？那些年幼的學生哪有什麼好打的？但我那時還經常狠狠打學生一頓。製作人您也很清楚吧，那個年代哪會講究什麼保障學生人權啊。

人這種生物，還真是可怕。現在要是我這樣打學生，不管是周圍的老師還是學生，都不可能跟我善罷甘休的。您知道為什麼以前可以的事，現在卻不行嗎？因為我們實在太無知啊，完全沒有這種概念，因為那是一個所有老師都很嚴厲體罰學生，以為打罵學生也沒關係的年代。

您知道人們有多麼容易受到周圍環境的影響嗎？就連這次的事件也是如此。我既不是那些學生的班導師，也沒有教過他們，所以對當事者學生不那麼了解，但是，我也不會因此就不感到痛心。

這裡，就像有根刺卡在喉嚨裡一樣，不知道有多在意、多痛。兩個都是我們學校的學生，正是爽朗開心的年紀啊。一想到這些，我就食不下嚥。也是啊，更何況我當老師都三十年了，怎麼可能會不難過呢。

特別請您來還會想說什麼呢。現在全天下的人都關注著我們學校，你們這樣播出節目真的會讓我們學校的立場非常為難。現在法院那邊裁判還沒結束，還在進行中，但是播出的節目內容實在太偏頗了。

這個嘛，不管原來的意圖是什麼，節目的內容就像是把貧窮的瑞恩捧成有如天使一般的被害者，而富裕的珠妍卻被包裝成像是惡魔似的加害者。

老實說，看了上次的節目，我實在太吃驚了，難道貧窮就是善，富有就是惡嗎？死去的人是善，活者的人就是惡嗎？這樣的話，那現在我們這些人不都全是惡的？因為我們都還活著，不是嗎？

叫我不要轉移話題，模糊焦點，針對問題的本質討論？對，但是我想說的就是這個，本質。製作人，您又為什麼利用新聞媒體來模糊事件的本質呢？

對我來說，兩個孩子都是珍貴的學生，雖然死去的學生很可憐，也令人感到很惋惜，但是非得要連活著的孩子都殺了，心裡才會覺得舒坦嗎？

製作人您真的相信電視上的內容都是真實的嗎？您說深感遺憾，這些都是為了死去的學生所做。可是您又不是只做一次，而是做成特輯，連續播了幾個禮拜。以收看過幾次那個節目的觀眾角度來說，那哪是年幼的學生，根本就是個怪物。還不只如此，節目播出之後，還出現針對朴瑞恩同學的惡意傳言四處散播，是難以啟齒的那種傳聞。我也知道，但我不是要說那些到底是傳言，是事實，又或者根本是謊言。對我們來說，兩個學生都是珍貴的學生，留在這裡的其他孩子也是一樣珍貴。

即使不這樣一天到晚來採訪，孩子們也已經因為精神上受到嚴重衝擊而內心飽受煎熬。你們到底是抱著什麼樣的想法來找他們？實在沒辦法不問你們真實的意圖到底是什麼？製作人你們到處訪問學生的過程中，甚至還出現了荒唐至極的傳聞，全校到處都看得到記者，一個個只想挖到更刺激辛辣的傳言。

事情不該這樣做啊。真相該由警察和法官去找出來，為什麼你們電視台要來做這件事呢？這件事對孩子們來說是很大的傷害，你們這樣一直找上門問東問西，只會讓孩子們再次回想起痛苦的記憶。而且這裡是高中啊，大家都為了大學考試辛苦念書，高三學生在這樣混亂的氛圍下，哪裡還有心去準備大學入學考試呢？

一、二年級的學生也是一樣，最近因為「學綜」*的關係，不是只有高三學生才是考生，從一年級讀到三年級這三年裡，所有的學生都算是考生。孩子們應該要忘記這些傷痛，但是你們這些大人卻每天都過來撥弄傷口，這樣他們能忘記嗎？

就算你們沒來，朴瑞恩同學的媽媽每天都跑來學校，就已經夠讓人頭痛了。所以我想問問，你們到底打算這樣搞到什麼時候？

* 「學生綜合紀錄簿」的簡稱，是韓國大學入學時會參考的根據之一，記錄學生的出缺勤、校內成績、得獎紀錄、讀書活動、教師推薦信等。

# 35
# 瑞恩媽媽

「對不起。」

即使該道歉的對象現在已經不在身邊了，瑞恩媽媽每天早上只要一睜開眼，還是會跟那孩子說對不起。瑞恩媽媽在女兒離開後，不曾有過一次伸直了雙腿好好睡上一覺，彷彿自己這麼做的話，女兒一定會埋怨自己。

瑞恩媽媽對所有的事情總是一再抱歉又抱歉，身為無能的媽媽她感到抱歉；讓孩子出生在貧窮的家庭她感到抱歉；連一次都沒能買好的衣服、好吃的食物給妳，就讓妳這樣走了，她深感抱歉。

只要想到瑞恩，心就彷彿被撕得碎裂。這孩子死去的前一天也仍舊到便利商店打工，之後還來接媽媽下班。瑞恩就是這樣的女兒。說不定會覺得有個在烤肉店上班的媽媽很丟臉，但是瑞恩卻一次也沒表現出來過。

「媽媽身上有好吃的香味。」

「香味？」

「烤肉香！」

曾經這樣笑嘻嘻的女兒，曾經說拿到打工費後，會到媽媽工作的烤肉店請媽媽吃烤肉的女兒。

曾在超市工作的瑞恩媽媽，之所以會換到烤肉店工作，就只是為了兩千韓元。到烤肉店工作的話，時薪會多給兩千元，所以即使知道瑞恩不喜歡自己獨自待在家裡，瑞恩媽媽也還是只能工作到很晚。刷完烤盤、整理完剩下的食物，一整天工作下來她總是會腰痛，肩膀痠得彷彿要脫臼一般，但瑞恩媽媽從未表現出不甘願的樣子，因為只要是為了女兒，再辛苦的事情她都願意做。

「原來妳就是珠妍啊，謝謝妳對我們家瑞恩這麼好，來，這個給你，等等兩個人去買辣炒年糕吃。」

珠妍一接過瑞恩媽媽遞來的一萬韓元紙鈔，臉就皺在一起。

「好噁，烤肉味。」

雖然這嘟囔聲很微小，但是瑞恩媽媽聽得一清二楚。應該是聽錯了吧，應該沒別的意思吧，瑞恩媽媽不得不努力說服自己，不要把這句話聽進心裡去，因為她是女兒最好的朋友。

「媽媽，珠妍很有錢，不用給錢也沒關係。」

那天晚上，當瑞恩遞回一萬韓元，當她發現那一萬元紙鈔正是自己給珠妍的那一張，當她知道珠妍連沾有烤肉味的錢都不願意拿，當她搞懂珠妍根本不想把錢放進自己口袋而是直接把鈔票還給瑞恩時，瑞恩媽媽雖然覺得自己無比悲慘，卻無法表露出來，只因為珠妍是女兒珍貴的朋友。

瑞恩媽媽也知道，在認識珠妍之前，瑞恩好長一段時間因為同儕關係問題都很艱辛難過，所以她很感謝珠妍。

瑞恩總是稱讚珠妍，功課又好，兩人在一起很開心。但是珠妍為什麼會對女兒做出這種事情呢？難道真的像電視節目裡說的，珠妍像是使喚奴隸一樣對待瑞恩嗎？瑞恩總是很感謝珠妍啊……

**「聽說瑞恩平時穿的衣服和鞋子，全都是珠妍給的呢。」**

看節目時，瑞恩媽媽總是忍不住捶胸痛哭。每次收到珠妍給的東西時，瑞恩總是會露出燦爛的笑容並且跑來炫耀。

「媽，這雙鞋超貴的喔，很漂亮吧？」

「跟新的沒兩樣，真的收下也沒關係嗎？」

「嗯，珠妍說不合腳，所以給我穿。」

瑞恩把珠妍送的鞋子穿穿脫脫好幾次，不知是不是心情很好，還呵呵笑了起來。

「這麼喜歡這雙鞋啊？妳早該跟媽媽說啊。」

「不是想要啦，是因為珠妍給我，我才穿的。丟掉的話不是很可惜嗎？還很新呢。」

女兒從沒在媽媽面前說過想要買一雙鞋。只不過那雙鞋是就算她在烤肉店多刷幾次烤肉盤也買不起的昂貴款式，女兒一定是知道倘若跟媽媽開口，一定會很傷媽媽的心。

從瑞恩媽媽嘴裡流洩出的哭聲，彷彿是野獸的嚎叫聲。怪只怪自己是個連一次都沒有買過好衣服、好鞋子送給女兒的媽媽，甚至還是一個讓女兒在生日時都無法說出口自己想要什麼的媽媽。想到這些，今天，瑞恩媽媽又再度覺得自己是個罪人。

# 36
# 張律師

偏偏是那樣一個夢。

張律師為了開庭做準備已經連續幾天沒辦法好好睡覺了，只能偷空趴在書桌上小憩一會，結果就做惡夢了。開庭的日子越是接近，惡夢就越是鮮明生動地折磨他。

張律師到現在仍舊不知道自己為什麼非得要遭遇這麼可怕的事情。只不過因為個子矮小又笨手笨腳，只不過因為個性內向，就活該要被他們欺負嗎？不對，張律師沒有任何理由該被欺負。他不過就是碰上像怪物般的壞蛋，被他們當做消遣的獵物罷了。

那些傢伙叫張律師給錢，有時候叫他幫忙寫作業，有時候又要他出錢提升遊戲等級，有時候說自己很倒霉，就打他耳光打到嘴角流血，又有時候毫無理由拿球棒打他屁股打到皮開肉綻。張律師一點一滴逐漸死去，而那些傢伙看著他那副模樣，彷彿這世上沒有別的事比欺負他更有趣了。

如果是現在的張律師，肯定會使出各種手段來保護自己，要求對方賠償損失並追究責任。那些傢伙犯了多少罪，就該讓他們受到多少懲罰。但是那時的張律師還太小了，對所有事情都感到害怕，而且那份恐懼至今也仍未消失，有時還是會讓張律師又變回當時那個少年，嚇得動彈不得，什麼都做不了。

張律師從痛苦的夢中醒過來，看了看時鐘，急忙起身出門，因為那是開庭前要去和珠妍會面的最後一天。

「請問是哪位？」

辦公室門前站著一位陌生的女人，一頭枯黃乾燥的短髮，臉上帶著疲憊不堪的表情。女人看到張律師後猶豫了一下才走過來。

「我是瑞恩的媽媽。」

一開始沒聽清楚，但是短短一瞬間，被害者的名字閃了出來。

「我想和您談談。」

瑞恩的媽媽好像沒有好好吃飯，看起來非常瘦削。嘴唇乾裂翹起層層白色死皮，當一字一句從那乾裂的雙唇吐露出來時，靈魂彷彿也一點一滴跟著流洩消失。瑞恩媽媽看起來就像是命在旦夕的人一樣。不知道為何張律師光是看到瑞恩媽媽，就有一種自己犯了什麼罪的感覺。

都已經請她進來坐，端茶水給她喝，張律師還是不知道該說些什麼。

瑞恩媽媽來找我是想說些什麼呢？

是希望我不要幫殺害自己女兒的罪人辯護嗎？

如果真是這樣的問題，我該怎麼回答呢？張律師腦袋迅速運轉著。

「這是瑞恩穿過的衣服，我真的是一個沒有資格當媽媽的人，她肯定也想跟其他朋友一樣穿又好又漂亮的衣服，但我卻只能讓她穿這種衣服。」

當瑞恩媽媽打破長時間的沉默開口時，張律師只能用淡淡的微笑代替回答。瑞恩的黑色防風夾克看起來很老舊，簡直像是出現在褪色舊照片的衣物一樣。

「瑞恩什麼好的東西都沒有，除了珠妍送的禮物以外……」

彷彿有人掐著瑞恩媽媽的脖子，她艱難地吐了一口氣。

「可以麻煩您轉告珠妍……跟她說聲謝謝嗎？」

「什麼?!」

瑞恩媽媽的話實在太出人意料，張律師忍不住懷疑起自己的耳朵是不是有問題。瑞恩媽媽似乎相當費勁才能說出話來，她咬著乾裂的嘴唇。

「請轉告她，說謝謝……謝謝她給了瑞恩我沒辦法給的東西，我十分感謝。如果不是珠妍，我們瑞恩……到走的那天，這些好的衣服、好的鞋子……一次也沒辦法穿到。」

然而她接下來說的話，讓張律師不得不緊閉雙眼。

「可是，我家瑞恩到底做錯了什麼？難道是覺得瑞恩為妳做的不及妳對她做的嗎？那妳要說啊，要跟阿姨說啊……這樣的話，阿姨想盡辦法看是要還妳錢，還是做些什麼都好啊。對不起，都怪阿姨沒能力，明知道瑞恩每次都從妳那裡拿東西，卻什麼也做不了。這全都是阿姨的錯啊……但為什麼要這樣對我們瑞恩？瑞恩一個人該有多害怕……讓她在走的最後一刻都是自己孤單一個人閉上眼離開這世上。為什麼要這麼做，為什麼……」

一開始平靜的話語，成了一串串的淚珠將憤恨冤屈的心傾瀉而出。瑞恩的媽媽哭喊著捶打胸口，哀戚地問張律師為什麼自己非得要失去相依為命的唯一一個女兒，但張律師卻什麼話也無法回答。

瑞恩媽媽走了以後，張律師沒辦法去見珠妍，因為他無法判斷幫珠妍辯護到底對不對？還有他也不知道能不能相信珠妍主張自己無罪的說詞。

瑞恩和珠妍兩人真的是朋友嗎？還是看上去像是朋友，實際上是不對等關係呢？難道真是如同大家所說，珠妍是惡魔？自己是不是被珠妍的謊言所騙了呢？即使珠妍的話全都是真的，又要怎麼看待她說就只有那段時刻記不得的話呢？珠妍為什麼偏偏不記得瑞恩死掉的那個瞬間呢？

越是這樣反問自己，張律師就越是沒有信心。

# 37
# 目擊證人

您是記者吧？我……有話想說。

其實，我看到了，我說我看到了，是真的。本來想早點說的，但是去找警察真的太可怕了……警察應該會好好處理，所以我想不動聲色就好了。有跟媽媽稍微提過一點點，媽媽叫我不要說些沒用的話，而且我也不是親眼看到瑞恩變成這樣的……可是不管怎麼想，現在不說的話，我可能會一輩子都感到後悔。

其他同學有說，說珠妍的律師來學校，想要找出珠妍無罪的證據；還說只要這次開庭結束之後，珠妍就會被釋放了；甚至有人說珠妍家很有錢，所以絕對不會被關到監獄去。可是不能這樣啊，瑞恩就這麼死了，造成這結果的人竟然不必受到任何懲罰，那瑞恩不就太委屈了嗎？

沒有，我和瑞恩不熟，和珠妍也不熟，只是知道長什麼樣子，因為她們是隔壁班的。瑞恩和珠妍嗎？您沒看電視嗎？就和節目上說的一樣啊，連我這個跟她們不熟的人來看，她們兩人的關係，該怎麼說呢？看起來很不對等，反正就是有點那個。

我看到什麼嗎？其實……那天我有看到珠妍喔。模擬考結束過後好一陣子了，所以學校幾乎都沒什麼人。我本來要去補習班，但把試題本放在學校，所以回去拿。就在我從教室走出來的時候，看到珠妍從走廊那邊走過來，雖然不知道為什麼，但是一看到珠妍我就躲進教室裡。大概是因為不怎麼熟的關係，硬要跟她打招呼的話有點尷尬，不打招呼就這樣走過去又很奇怪，所以乾脆躲起來了。

我比較內向……

而且我太害怕了，所以沒辦法挺身而出，也根本不敢說出那天我看到珠妍的事。我知道這樣有點卑鄙，但我到現在還是很害怕。可是現在再不說的話，我怕會太遲了。

我不知道要跟誰說，也不敢自己一個人隨便跑去警察局，所以，您能不能幫幫我？

# 38
# 法庭

彷彿落下寒霜的初冬早晨，冰冷的空氣充斥著整個法庭。昨天下午，本次案件出現非常多關於決定性目擊者的報導，這無疑是對今日開庭的審判宣戰。果然不出所料，檢察官聲請傳喚新證人，張律師也陷入了莫名的不安之中。

張律師捫心自問，自己感到不安的理由到底是什麼，歸根究柢，無法相信珠妍的理由比起相信她的要來得更多。每當碰到不利於自己的情況，珠妍就會說不記得了，而且說詞還前後不一。但是他又為什麼相信珠妍呢？只因珠妍的眼神很真摯嗎？因為珠妍看起來不像在說謊嗎？不，張律師可不是會因為「感覺」就動搖信念，就會覺得珠妍很可憐的那種人。

一開始，根據檢察官那邊提出的證據：簡訊內容、磚頭上的指紋等等，張律師也認為珠妍就是犯人。不僅是張律師，大部分的人都確信珠妍就是犯人。媒體輿論似乎也認定了珠妍就是犯人。當然，如果珠妍就是這次事件的犯人，當然必須接受該有的處罰，但是，萬一珠妍不是兇手呢？不能讓沒有犯罪的無辜者受到懲罰啊，這也是張律師從事這份工作的理由。

「因為大家……都說是我做的……」

張律師下巴用力，咬緊牙根，反覆咀嚼著「憎惡不能成為犯罪證據」這句話。指證珠妍是兇手的證據仍然不足，張律師心想，如果不是自己，也許就沒有人可以解開珠妍的冤屈。但是越是這樣，瑞恩媽媽的臉龐在張律師的腦海裡就越是鮮明清晰。

「請轉告她，說謝謝⋯⋯謝謝她給了瑞恩我沒辦法給的東西，我十分感謝。如果不是珠妍，我們瑞恩⋯⋯到走的那天，這些好的衣服、好的鞋子⋯⋯一次也沒辦法穿到⋯⋯

「但為什麼要這樣對我們瑞恩？瑞恩一個人該有多害怕⋯⋯讓她在走的最後一刻都是自己孤單一個人閉上眼離開這世上。為什麼要這麼做，為什麼⋯⋯」

「證人，請陳述。」

出庭作證的目擊者是和珠妍同一所學校的學生，雖然樣子不太顯眼，但是就像我們身邊很多那種安靜做自己事情的學生，那模樣看起來和法庭這種地方一點也不搭調。可能是因為沉重的氣氛，目擊者顯得緊張，一再用舌頭舔了舔嘴唇，甚至看起來有點焦躁不安的樣子。

「那天我看到珠妍從走廊那邊走了過來，走路的樣子就像是被鬼勾走魂魄那樣六神無主，看起來有點奇怪。」

「為什麼覺得奇怪？」

「因為……珠妍手上拿著磚頭。老實說，手上拿著磚頭本來就是不太尋常的事啊，所以我就躲進教室裡偷偷觀察珠妍。」

「你說她手裡拿著磚頭？妳確定看到了磚頭嗎？」

「是的，不是石頭，就是磚頭，是一塊看起很老舊的紅色磚頭。」

目擊證人語畢，張律師整張臉變得僵硬，在那短暫的瞬間，一股不祥的預感從頭頂快速流竄到脊椎。張律師看著珠妍，珠妍也感受到張律師的目光。珠妍回看張律師，看著這位原本唯一相信自己的人。她望向張律師的眼神彷彿呼喊著求求你相信我，求求你到最後都不要放開我的手。因為那個眼神，張律師只得再次調整自己的心情，「必須要相信她，必須要相信。」就像自我催眠一般，張律師喃喃自語反覆這句話好幾次。

「被告拿著磚頭之後做了什麼事呢？」

「珠妍站在走廊窗戶前面好一陣子，然後把磚頭往窗外一丟。我聽到『哐』一聲。但那時候我不知道那是什麼聲音……現在回想的話，是珠妍把瑞恩……」

目擊證人話都還沒說完，旁聽席上就傳來了陣陣嘆氣，是人們向犯了罪卻不知反省的少女發洩著憤怒。

「可是你為什麼什麼話都不說呢？」

「我一開始也不知道這跟瑞恩遭遇不測的事有關，之後是因為太害怕所以開不了口……看了報導以後，才知道兇器是磚頭……」

聽了目擊證人的話之後，張律師緊緊閉上雙眼，直到現在他才了解自己為何如此惴惴不安，那是一種「早就知道會這樣」、宛如預感的感覺。張律師指尖微微顫抖，全身起雞皮疙瘩。原本難以相信是珠妍砸下碎裂成小塊的磚頭……

內心疑惑徹底消除的瞬間，張律師原本要當成無罪主張佐證的破碎磚塊，究竟為何會碎成那樣的原因也真相大白了。直到最後都一直努力相信珠妍的張律師，覺得自己被背叛而全身發抖。憤怒的張律師轉頭怒視珠妍，珠妍也彷彿陷入混亂地搖著頭。

不可能啊，不可能是這樣啊……

# 39
# 直到最後終究沒能記起，那天的真相

「不去死？那我來幫妳死。」

那天。

珠妍抓著磚頭高高舉起時，瑞恩只是靜靜看著珠妍，但是瑞恩的眼神很奇怪，既不是擔心珠妍的眼神，也不是覺得抱歉的眼神，更不是感到害怕的眼神，而是對珠妍感到心寒至極、感到憤怒生氣的眼神，是沒辦法再容忍下去的眼神。

「妳夠了吧。」

聽到瑞恩的話後，高舉著磚頭的珠妍全身僵硬，原本淹沒在嫉妒和憤怒的情緒之中，不知不覺間情緒轉換成了驚慌失措。

「我不是因為哥哥才去便利商店打工的，而是因為我媽媽一個人賺錢很辛苦，想要幫忙補貼一點，但也不只是因為這樣，而是因為妳，我才去打工的。因為我也想要送妳禮物，想請妳吃好吃的東西。」

「我什麼時候要妳買東西給我了？幹麼做些沒用的事……」

「不，我討厭這樣。」

好奇怪，眼前說話的這人是我認識的瑞恩嗎？看著珠妍的瑞恩，彷彿就像是個全然的陌生人。

「我實在很討厭總是單方面接受妳的施捨；很討厭只不過想請妳吃一碗泡麵，卻得懷著對媽媽感到抱歉的心情去向她要錢；也很討厭老是看到那麼拚死拚活工作的媽媽；更很討厭我們家那麼貧窮。」

不知不覺中，瑞恩的雙眼盈滿淚水，靠著憤怒與惡意支撐，她努力不讓淚水輕易滑落。

「我知道是妳跟其他人散布那些關於我的奇怪傳言。」

聽到瑞恩的話，珠妍忍不住驚慌失措。一下說瑞恩一看到男人就被迷得神魂顛倒，一下又說瑞恩要求男人支付約會費用，雖然明知這些都是很荒謬的謊言，但珠妍以為只要這樣瑞恩就會再度回到自己身邊，但是瑞恩並沒有回來，或許是因為瑞恩知道所有事情的真相。

「無所謂，反正我也從沒把妳當朋友。」

「什麼？」

難道心靈遭到踐踏，被一腳踢開就是這種感覺？瑞恩吐出的一字一句，都讓珠妍感到神智逐漸變得恍惚，心臟怦怦狂跳不止。

「本來想忍到有別的朋友就好，沒想到會拖到這麼久。」

「妳在說什麼啊？」

「妳不是問我是不是在利用妳嗎？沒錯，我就是在利用妳。因為只要我有需要的話，妳什麼都會給我。因為只要我下定決心，想要怎麼利用妳都可以。還記得嗎？國中的時候，妳說如果拿到補習班獎學金的話就要給我，為了拿到那個，寒冷冬天我就在補習班前面等了一個小時。那時候我是真的完全聽從妳所有的指示，迎合妳的喜好在過日子。」

「妳現在……到底在說什麼啊？」

「不要用那種眼神看我。老實說吧，妳也很喜歡這樣，不是嗎？妳就喜歡看我對妳小心翼翼誠惶誠恐的態度，要我做什麼我就會乖乖聽話照做的樣子。」

騙人。

珠妍彷彿看到鬼一樣，腳步踉嗆地往後退了一步。瑞恩面帶嘲諷笑容看著珠妍。

「要不然妳以為我是為了什麼才會每天跟妳黏在一起啊？以為我喜歡妳喜歡得要死，所以才會這樣黏在一起？聽到妳媽媽質問為什麼偏偏要和這麼沒水準又劣等的人當朋友這種話之後，誰還會想全盤接受妳那沒家教的壞脾氣？我不過就是做了我能做的，只要稍微裝可憐、裝乖巧善良，就可以輕輕鬆鬆拿到幾十萬韓元的衣服，多輕鬆愉快啊。」

「……」

「可是現在我不想再做那些事了，所以才會跟妳道歉。」

珠妍像是失去力量一般身體搖搖晃晃，雙腿發軟無力，同時她也覺得瑞恩很可怕。竟然利用我的心？不可能的，我的朋友瑞恩不可能會做這種事……珠妍用力搖了搖頭。看到她這樣子，瑞恩嗤之以鼻地冷笑。

「本來想繼續裝下去、繼續裝作是朋友，然後繼續利用妳的，但是現在妳很可悲，雖然妳覺得我很可憐，但是真正可憐的人是你。如果不是我的話，妳連個可以依靠的人都沒有。」

……騙人的，這一切都是騙人的，騙人的……

珠妍繼續搖著頭，一面喃喃自語說不可能，瑞恩不可能會這樣的，這一定是夢，她不斷地一遍又一遍告訴自己。

每當珠妍對視到瑞恩犀利的眼神，就會忍不住起雞皮疙瘩。

「怎麼了？不相信我是在利用妳？難不成妳以為我會道歉加苦苦哀求，拜託妳繼續跟我當朋友？是不是妳沒想到我現在會這樣，所以就驚慌失措？喂，池珠妍，我也是人，好嗎？妳知道每次妳看不起我、輕視我的時候，我的心情是怎樣嗎？」

不是的，眼前這人不是瑞恩。珠妍連連搖頭，但瑞恩只是冷漠地看著珠妍。那眼神嚇得珠妍後退了一步，即使如此，瑞恩的眼神依舊絲毫沒有改變，珠妍就像是被往後推開一樣，兩步、三步，漸漸往後退去。

「早知道如此，又何必當初呢？不要老是這樣狗眼看人低瞧不起人。」

珠妍搖搖頭，如果可以真想捂住耳朵。珠妍為了閃躲瑞恩的雙眼，一步步踉嗆地後退，最後像個害怕受驚嚇的孩子倉皇逃走。

腦子一片空白，完全沒有意識到自己手裡還握著個磚頭。

對瑞恩，自己一直都是真心付出的，到底是從哪裡開始出現問題的呢？回過神時，珠妍已經走到教室前面了。

珠妍在走廊上來回踱步，最後駐足在後段走廊的窗前，當她往下一望，只看到瑞恩在那裡獨自一人站著。那一瞬間，瑞恩轉過身來，抬頭望向珠妍所在的那扇窗。和瑞恩對視的珠妍就像是被火燙著一樣，嚇得往後退了一大步，接著立刻慌亂地收拾書包跑了出去。

珠妍離開後，有一塊紅磚遺留在窗框上，一塊沾有珠妍指紋的磚塊。

珠妍真是個惡劣的孩子，不懂得為身邊朋友著想，總認為朋友會一直待在自己身邊，對朋友總是為所欲為又不知道如何表達善意，明明喜歡對方，卻只表現出一副不耐煩的樣子。

即使如此，珠妍在心裡始終是把瑞恩當成好朋友。對珠妍而言，瑞恩是她疲憊時、孤獨時、開心時，無論什麼時候都想要一起分享的對象，是可以吐露心聲的人，也是可以依靠的人。失去這樣的瑞恩，對珠妍來說，就意味著失去了當自己疲憊時、孤獨時、開心時，能夠一起分享的人。所以珠妍決定忘記和瑞恩最後一次的對話，抹去了和瑞恩的最後記憶，只留下一直很善良，總是陪在自己身旁的瑞恩。直到最後，珠妍都不記得那時瑞恩說的那番話。

# 40
# 目擊證人

主啊，祢是知道的。

池珠妍真是太任性妄為了，以為自己是全世界最厲害的，她都不知道自己有多惡劣。

究竟這段日子以來池珠妍有多沒教養，才會讓大家認為這次事件是她做的？一開始站在池珠妍那邊，說她不可能會做出這種事的孩子們，現在全都相信就是池珠妍做的，還說什麼難怪了，早就覺得奇怪，仔細想想珠妍真的怎樣怎樣，又說瑞恩很可憐，怎樣又怎樣的。

主啊，祢知道嗎？其實這些人根

本不在乎朴瑞恩，他們總是竊竊私語，彷彿貧窮成了什麼罪一樣。但是這些人竟然說瑞恩很可憐，真沒想到她被珠妍欺負成這樣，還說看到她這樣真是心痛什麼的。他們難道不覺得自己真的很可笑嗎？

那天那件事，真的是不小心的，我發誓。池珠妍看著窗外，突然像發瘋似的飛奔而去，我實在很好奇啊，珠妍到底是看到了什麼嚇成這樣。所以我也往窗外看下去，到底有什麼呢？結果是朴瑞恩。真是的，這兩個人也會吵架啊，為什麼會這樣呢？這就是全部了。當我轉身想要回教室，結果包包碰到了窗框上的磚頭。

我真的是不小心的，真的。完全沒想到會這麼倒霉，背包竟然把磚頭撞得掉了下去？而且偏偏磚頭掉下去時，砸到站在下面的朴瑞恩……

我真的快崩潰了，根本沒辦法入睡，應該不會有問題吧，不會的。煩惱了一整個晚上，早上到了學校……看起來什麼事都沒有，就和平常一樣的早晨。我抱著懷有一絲希望的心情，往窗外一看……

真的沒想到朴瑞恩會就這樣死掉，我以為會有人發現她，然後送她到醫院，沒想到她就這樣躺到早上。實在太可怕了，我不由自主地放聲尖叫，往後摔倒在地，其他學生也被我的尖叫嚇到，紛紛放聲尖叫起來……事情就變成這樣了。

當池珠妍被指證為兇手時，我知道那不是真相，但是我的心臟真的好像要爆炸了，以為警察很快就會找上門來抓我，因為池珠妍並不是真正的兇手。

可是不管電視上還是網路上，大家都說池珠妍是殺人魔，說她是個可怕又殘忍的孩子。

請想想看，我真的只是單純不小心的，可是池珠妍才是長久以來一直欺負朴瑞恩的人啊。池珠妍真的這樣欺負朴瑞恩的話，那現在池珠妍受到懲罰，不就合乎「正義」嗎？

是啊，沒錯，我不過就是為了正義，才說了一點點謊而已。

我覺得說不定本來就不是我做的，而是池珠妍做的也說不定啊。我是說，搞不好我真的只是目擊證人，也可能就是這樣，不是嗎？要不然池珠妍怎麼會看到朴瑞恩就嚇到要逃跑呢？池珠妍拿著磚頭到走廊也很奇怪啊。是啊，想想這真的很奇怪。池珠妍是拿著磚頭往窗外看下去，難道不覺得是池珠妍一開始就想拿磚頭砸死朴瑞恩嗎？

因為是在法庭上進行審判，所以我非常緊張，但是情況比想像得好，完全沒有人懷疑我。很可笑吧，大家都以為自己知道的就是真相，但其實他們什麼也不知道。

大家好奇的真相嗎？這些就是全部的經過了，事實就是這樣，這麼簡單的問題卻沒有任何人知道。可能是因為池珠妍真的是個壞孩子，所以才會這樣吧？因為她是個活該被人討厭的人啊。

可是，主啊，我是真的很好奇。

您是否相信池珠妍說的呢？

事實很簡單

Fact is Simple

# 作者的話

首先必須要先聲明，這本小說無關任何事件，只是純粹的創作作品。在寫這個故事的同時，我也曾擔心會不會有人因為我的故事受傷，而數次停筆，多個夜晚都輾轉難眠。

《想殺的孩子》是關於真相與信任的故事。

我經常思考真相究竟是事實本身，還是按照人們想要的而創造出來的呢？這個故事就是從這裡開始的。

所謂的真相，變化真的很大，很久以前伽利略主張地動說時，沒有人相信，反而認為他說謊，還遭到審判。我想，或許這就是真相，人們相信的事物才是所謂的「真相」。就像當時以為的真相，以後卻可能成為謊言一樣。

當所有人都說事情是那樣，想提出懷疑的觀點，卻是超乎想像的不舒服與困難，也因此我們才會為了維持表面平和而同意他人意見。碰到犯罪事件更是如此。在面臨審判時，受審判的人會更容易陷入絕望——即便不是我做的，但是當所有人都伸出手指指著你說「是你做的」，你又能多相信自己呢？或許一開始還可以說不是，之後也會感到冤枉又憤怒，但是當所有人都不相信你，從某一瞬間開始，或許就會連自己也開始懷疑起自己。

仔細想想，珠妍真的是很可憐的孩子，不僅連自己的爸爸、媽媽不相信她，就連自己唯一打開心房吐露心事的朋友瑞恩，也從不認為珠妍是朋友。仔細想一想，竟然天下之大卻沒有一個人相信珠妍。即使是後來表示願意相信珠妍的張律師，最後也不再相信她。這樣的情況下，珠妍能堅持自己的清白直到最後一刻嗎？你可能仍舊不喜歡珠妍，這或許是因為在閱讀本書時，一直認為珠妍是「活該被討厭的孩子」也說不定。

作家必須對小說中的人物負責，對此我謹記在心，因此對故事中的所有人物我都努力去寫，但是在這次的故事中，我很遺憾以送走了瑞恩作為故事的開端，關於這一點，我向瑞恩請求原諒。

最後，要向一起檢查原稿並分享故事的編輯部，以及一起共感某人的痛苦，一起感到憤怒的你，誠摯表達我的感謝。

二〇二一年 六月

祈願你有個美好舒適的夜晚

李花兒

Eurasian Publishing Group
圓神出版事業機構
用心與你對話・視野無限寬廣
寂寞出版社
Solo Press

www.booklife.com.tw reader@mail.eurasian.com.tw

Soul 048

# 想殺的孩子

作　　者／李花兒 이꽃님
譯　　者／梁如幸
發 行 人／簡志忠
出 版 者／寂寞出版股份有限公司
地　　址／臺北市南京東路四段 50 號 6 樓之 1
電　　話／（02）2579-6600・2579-8800・2570-3939
傳　　真／（02）2579-0338・2577-3220・2570-3636
副 社 長／陳秋月
資深主編／李宛蓁
責任編輯／朱玉立
校　　對／李宛蓁・朱玉立
美術編輯／蔡惠如
行銷企畫／陳禹伶・鄭曉薇
印務統籌／劉鳳剛・高榮祥
監　　印／高榮祥
排　　版／莊寶鈴
經 銷 商／叩應股份有限公司
郵撥帳號／ 18707239
法律顧問／圓神出版事業機構法律顧問　蕭雄淋律師
印　　刷／祥峯印刷廠
2023 年 04 月　初版



定價 350 元　ISBN 978-626-96733-4-6

人生就是關係，關係的根本就是溝通。

我發現只要能跟身旁的人交心，幸福其實離我們不遠。

——《不便利的便利店》




國家圖書館出版品預行編目資料

想殺的孩子 / 李花兒著；梁如幸譯. -- 初版. --
臺北市：寂寞出版股份有限公司, 2023.04
256 面；14.8×20.8公分（Soul系列；48）
譯自：죽이고 싶은 아이
ISBN 978-626-96733-4-6（平裝）

862.57　　112002079